集英社インターナショナル

冲方丁のこち留《とめ》

こちら渋谷警察署留置場

Ubukata Tow

冲方丁

冲方丁のこち留

こちら渋谷警察署留置場

はじめに

この手記を「喜劇」としてつづる理由

本書は、あるとき突然、想像もしていなかった体験へと投げ込まれた作家・冲方丁と、その一件に関わることとなった妻、警察、検察、裁判官、弁護士、あるいは留置場で出会った人々による、「喜劇の物語」です。

『週刊プレイボーイ』(集英社)誌上で13回にわたり連載された原稿を、1冊にまとめたもので、連載中にいただいたご指摘に従い加筆修正を行っております。そういえば連載中、イベントなどで女性読者から「男性向けの雑誌なので書店で手に取りにくいです」と困った顔をされることもしばしばでしたが、こうしてめでたく書籍になりましたので、ぜひ安心して(?)お手に取っていただければ幸いです。

さて——本書で語られる体験について、あらかじめざっくり申し上げますと、「お前の妻がDVで訴えている」と告げる刑事によって連れ去られた私は、警察署内の留置場に閉じ込められ、かと思えばだんだん取り調べがおかしな方向に進み、結局なんだったのかはっきりしないまま10日と経たずして無罪放免——ただし「妻に知られていない場所で暮らすこと」という条件付きで、物のように路上に放り出された、という次第。

こう書くと、なんとも不条理だとか、悲劇的な目にあったとか思われる方もいるかもしれません。とりわけ、警察というものの現実を知る方などは――あるいは逆に、警察は「正義の代名詞だ」と素朴に信じてしまっている方なども――とても笑える話ではない、と思ってしまうことでしょう。

しかし私は、これは実に笑えるし、むしろ笑うべきことであると心底から思っています。

取り調べ室で手錠をかけられ、ロープで椅子に縛りつけられたときも、自然と口をついて出たのは、

「こりゃ、笑うしかないいな」

という言葉でした。

それから1年が経った今、当時のことをつぶさに振り返っても、やはり、「笑うしかないいな」と思います。そこで体験した一切はつまるところ、途方もない喜劇であった、と断言できるのです。

もちろん、こうした態度は私個人の性格でもあり、ある意味、悪癖でもあります。

後日、お世話になったふたりの弁護士と一緒に食事をした席でも、

「あなたのように、留置場の面会室で弁護士と話しながら、自分の置かれた状況を斜め上から見下ろして、ゲラゲラ大笑いする人なんていませんよ。たいてい意気消

沈して、『なんとか助けてください』と泣くのが普通ですから」というふうに言われたものです。ついつい珍しい体験をするとテンションが上がってしまうのは作家の性であり、本人も致し方ないのです。

ただ一方で、そうした「馬鹿笑い」こそ、この国の司法における驚くべき現実を目の当たりにしたとき、真にとるべき態度である、とも思うのです。

一切を悲劇ととらえれば、解決は見い出せません。悲劇というのは、避けがたい運命や、動かしがたい現実に直面し、それでも希望を失うまいとする物語です。厳しく耐えがたい人生を知り、不条理を受け入れるためのものだといえるでしょう。

これに対して喜劇は、人生を縛りつける欺瞞や虚栄といったものは一切合切、覆すことができる、という希望を与えてくれます。繕われた体裁を笑い、形骸化した理念を笑い、偽りの善意に隠された悪意を暴露します。そうすることで、物事は本来いかにあるべきであったか、現実の自分たちがどれほど本来のあり方からかけ離れてしまっているか、といった教訓を、鋭く突きつけるのです。

本書で紹介するのは、司法の現実が、世間一般の常識などまったく通用しない、不条理で複雑怪奇な「不思議の世界」と化していることを示すエピソードの数々です。テレビドラマに登場するような、民衆の願いを代弁し、頼もしく戦ってくれる警察や検察はいっこうに現れません。「真実の解明」とか「正義を代行する」とかいった決まり文句は、ただの民衆の願望にすぎず、現実には存在しないことを思い知らされるでしょう。

その失望感たるや想像を絶するほどです。だからこそ、私はそれらの体験をできるだけ笑えるものとしてつづり、こうして読者にお届けすることを決めたのです。

本書をお読みになる方のなかには、「もし自分が同じ立場になったら」と想像し、つらくなってしまう方もいるかもしれません。しかしそのとき当人である私は、大いに笑っていた、という事実を、ぜひ念頭に置いていただきたいのです。

前近代的というしかない留置場の実態、そこで私が出会った人々とのやり取り、刑事の取り調べのありよう、そもそも何の訴えだったのかわからなくなるような意外な展開など、大いに楽しんでほしい。そうすることで、私たちが漠然と抱いている、「警察は信頼できる組織である」「検察は人を罠にはめたりしない」「裁判所は事実をありのままに判明させる場所」といった思い込みが、木っ端微塵に打ち砕かれることにも、大笑いできるでしょう。

決して、いたずらに読者に衝撃を与え、社会に対する不信や不安の念を抱かせたり、司法に関わる人々への嫌悪をかき立てたいわけではありません。現実をそのままお届けし、それがどれだけ笑えるものであるかをお伝えするとともに、笑われることなど想像もしていない人々に、私と読者のみなさまの笑い声を届けてやろう、というものです。

繰り返しになりますが、喜劇こそ、ものごとを覆し、どれほど強固な現実であっても変えることが可能である、ということを教えてくれるのです。

「こりゃ笑うしかない」と思うとき、人は、それに耐えようと身構えるのではなく、より良くするにはどうしたらいいか、という思案を芽生えさせているものです。そして結局は、そうした態度が、良い社会の建設へつながるのだと私は信じています。

私の体験は、実質9日間で終わりました。

それは、どうやら司法の世界では「短い」ようです。しかし、司法のとんでもない問題と直面するうえでも、経済的・社会的に深刻な損失をこうむるうえでも、十分すぎるほどの期間といえるでしょう。

「被疑者の2割は冤罪《えんざい》」と言われながらも、「起訴後の有罪率は99・9%」という驚異の数字を誇る日本の司法。

社会人に致命的な打撃を与え、ともに逮捕勾留された者との共感と結託を促し、かえって反社会的な行動へと導きかねないにもかかわらず、司法の人々はさっぱり気にしない「馬鹿げた9日間」を、これから読者のみなさまとともに笑い飛ばしてまいりたいと思います。

ご準備はよろしいでしょうか？　大きく口を開けて、わははと笑い飛ばす用意は整いましたでしょうか？

それでは、私が逮捕された衝撃の夜のことから、お話しするとしましょう――。

編集協力　友清 哲
写真　山本尚明
装丁　大森裕二

序章

冲方丁逮捕！

突然やってきた3人の刑事

3人組の刑事が私の前に現れたのは、まさに突然のことでした。

2015年8月22日、土曜日の夜——私は東京・秋葉原にて、「冲方サミット」と題した、ファンとの交流と作品発表を目的としたイベントを催した直後でした。

私を含めた約10名の編集者やプロデューサーといったスタッフ陣は、同じ会場内で打ち上げをし、イベントでの反省や次回の開催についてビール片手にわいわい話し合っていました。やがて宴もたけなわという頃、ふいに編集者のひとりが私に近づき、こう告げたのです。

「奥さんの関係者だという方が、店の入り口に来ているそうなのですが……」

私はきょとんとなりました。妻の知人？　わざわざイベント後の、打ち上げの席に訪ねてくるような人物に心当たりはありません。

「いったいなんだろう？」といぶかしく思いながら店を出てみると、そこにはスーツ姿の3人の男性が立っていました。

ひとりが警察手帳を取り出し、ちらりと控えめに提示しながら、こう言うのです。

「沖方丁さんですね。奥様のことでお聞きしたいことがあるので、署までご同行願えませんか」

ここまでは、まるで刑事ドラマのワンシーンのようでした。私は大いに戸惑い、咄嗟にいろいろなことを想像しました。

最もありそうだと思ったのは、妻が事故にあった、ということ。のちのち、小説で書くうえでも気をつけようと肝に銘じたことですが――こうしたとき、人は「自分のことだ」とは思えず、それゆえ、つい相手の言うがままに行動してしまいます。警察もそれがわかっているから、あえて遠回しに、漠然と話すことで、自分たちの思いどおりに私を誘導しようとしていたのです――逃げることができない場所へと。

この誘導は、大成功しました。私は、まさか自分自身が被疑者として同行を求められているとは、この時点では夢にも思っておらず、彼らに対抗するすべも心構えもまったく持たないまま、まんまと同行を承知したのです。

私は、イベントに参加した編集者らに、「事情はよくわからないのですが、ちょっと行ってきます」と言い残し、手荷物をまとめて店を後にしました。

そして、警察官にうながされるまま、一見して普通の乗用車にしか思えない覆面パトカーに乗せられた瞬間――9日間にわたる、理不尽かつ不可解な留置場生活が幕を開けたのです。

冲方丁逮捕に浮き立つ、署内の異様な光景

後部座席の右側に私を乗せた覆面パトカーは、秋葉原の打ち上げ会場を後にし、渋谷警察署へと向かっていました。

妻の身に何か起こったのか、あるいは妻が何かやらかしたのか……。同乗している刑事たちは、いくら尋ねても「詳しくは署に着いてから」と、まるで取り合ってくれません。

つい数分前に店を出た際には、編集者に「明日またメールします」などと言い残したくらいですから、これから自分が取り調べ室で尋問を受けることになるなど、この時点では想像もしていません。

ただ、こうしてわざわざ警察が出張ってきている以上、大きなトラブルが起こっていることだけは想像できましたから、急ぎの用事がある関係者には、車中でフォローのメールを送ったりしていました。すると――。

「誰に連絡してるの？」

隣に座る刑事のひとりが、ぶっきらぼうな口調でそう聞いてきます。

突然、人を連れ出しておいて、なんて失礼な物言いだと不快に思っていたら、続いて「まさか、誰かを署に呼ぼうとしたりしてないよね？」などと言ってきます。

「呼ぶ？　誰をですか？　弁護士とか？」

「ほう。どうして弁護士を呼ぼうと思うの?」

本格的に不穏な空気を感じ取ったのは、このひと言がきっかけでした。彼らは言質を取ろうとしている。私に何か言わせようとしている。つまるところ「後ろめたいことがあるから弁護士を呼びたがっている」ということを私に言わせたいのだと感じました。

「そもそも、妻は今どうしているんですか?」

「なんで、そんなことを知りたがるの?」

一事が万事、車中で繰り広げられる会話はこの調子です。こちらが何か質問すると、逆に質問を返すか、はぐらかすかして、私に一切の情報を与えようとしません。

車が渋谷警察署に到着したのは、深夜0時を回ろうとしていた頃でした。

この時点で私は、すでに疲労困憊の状態にありました。なにしろ秋葉原で催されていたイベントは飲酒しながらのトークショー形式で、その後の打ち上げと合わせて4時間ほど飲みっぱなし。そうでなくても連日めいっぱい執筆を続けていた時期でもあり、とにかく早く帰って眠りたいというのが本音でした。

そこで詳しい事情を聞く前にまず、車を降りると、署内の自動販売機で目覚ましのためのコーヒーを買わせてもらうことにしました。渋谷警察署の1階に設けられた喫煙コーナーのような一角で、何も事情を話さないくせに愛想だけは良い刑事がだんだん不気味に思えてきます。私はとにかく少しでもヒントを聞き出そうと試みますが、やはり何も教えてもらえず、こちらの質問に質問で返してくるばかりです。

そこは非常に手狭なスペースでしたが、私が缶コーヒーを片手にたばこを吸っている間、ふたりの警察官がぴたりと横に張りついていました。今にして思えば、これは逃亡防止のためだったのかもしれません。ふたりは不自然なほど親切で、私が自動販売機にコインを入れると、「お取りしましょう」と身を屈めて缶を取り出してくれ、飲み終えた後には空き缶を「捨てておきましょう」と回収しようとする。そうしながら、こちらの一挙手一投足を見張っているぞ、とプレッシャーをかけるような視線を私に向けるのです。

一方で、署内では妙に浮ついた様子が目につきました。深夜であるにもかかわらず、ニコニコと口角を上げている刑事や、指をパチンパチンとリズミカルに鳴らして口笛を吹いている刑事までいて、なんだか「ウキウキ」しているのです。深夜ともなると刑事もハイになってテンションが上がるのでしょうか。そのうち私とハイタッチでもしそうです。さすがに内心では「様子がおかしい」と思いましたが、何がおかしいのかもこの時点でははっきりしません。

一服を終えた私は、刑事にうながされて署内のエレベーターに乗り、上階で降りました。確か4階だったかと思いますが、廊下に出て、ドアのひとつから部屋に入りました。左手には刑事が働くデスクが並ぶ広い部屋があり、右手にまた狭い廊下といくつもの部屋がありました。

その部屋のひとつに通されて初めて、私はそこが、市民が相談に来るような場所とはとても思えない、殺風景でいかにもものものしい取り調べ室なのだと悟りました。壁には暴対法のルールなどが張り出されているほか、「録音・録画禁止」「喫煙禁止」「外部との連絡禁止」などなど、多くの禁止事項が明記されています。

さらに入室すると、「まずは規則なので、荷物をお預かりします」と、手荷物をすべて取りあげられてしまいました。そして、向かいに腰を下ろした刑事がおもむろにこう切り出したのです。

「……というわけで、逮捕状が出ていますので」

いきなりそう言われて、私の頭の中は真っ白になりました。

咄嗟に脳裏をよぎったのは、その逮捕状というのが「いったい誰の？」という疑問です。なんとか混乱を振り払い、目の前に広げられた逮捕状に集中し、いったい何が書かれているのか読み取ろうとしました。

まず、標題の下に私の本名、そして「8月21日午後7時頃、事務所があるマンションのエントランス前で妻と口論になった際、妻の顔を右手拳で一発殴って前歯破損の疑い」といったような文面が続いているのがわかりました。

酔いは一瞬で吹っ飛びました。それは、率直に言って、どこから突っ込んでいいのかわからない文書だったからです。

とりわけ仰天したのは、「前歯破損」の文字。身に覚えがないという以前に、まず思ったのは、「歯が折れるほどの強さで殴れば、普通は殴ったほうの拳も傷ついているはずだろう」ということでした。

実際には傷ひとつないこの私の両手が目の前にあるにもかかわらず、この刑事はなんとも思わないのだろうか？　逮捕状を見せられた衝撃と混乱の一瞬が過ぎ、私は早くも、警察の「不条理」にさらされていることに、うすうす感づいていたのです。

完全な死角だった「妻の訴え」

さて、連載時はここで週刊誌のニーズとして、わが家について簡単に説明しておく必要があるとのことで、いろいろと書きつづられておりました。

ただ残念ながら、夫が作家であるという多少の珍しさ以外、ほかに変わった点はありません。何かこう「読者がぐっとくる」点はないかと振り返ってはみたものの、結局、「夫と妻とふたりの子どもの核家族」という面白みのないカテゴリーに属しているだけです。

とはいえ、人物のプロフィールというかプライバシーを並べたてることには週刊誌的な一定の意義があるようです。連載時は、「私たち夫婦は東京で出会い、2002年に結婚したのをきっかけに、妻の故郷である福島県福島市に移り住み、それなりに平穏な生活を送っていました」といった、だからどうということもない略歴を載せているので、ここでも再掲することにしましょう。

移住から約10年後の2011年3月、東日本大震災において、国民的大惨事たる福島第一原発の事故が発生。復興努力を上回る、えせ復興ビジネスが横行するようになった地域から出て行くことを決め、もともと住んでいた東京に舞い戻ったのでした。

思いがけない大災害を間近で経験し、経済的には大変な損失を受けはしたものの、代わりにたいていのことには動じなくなった精神でもって、3年がかりでどうにか生活を立て直せるめどがついたところでした。

いってみれば、今回の唐突な逮捕劇は、震災後やっと仕事と生活が安定しつつあった矢先のトラブルだったわけです。

ここでまた週刊誌的には、「当時の夫婦仲は?」という点に言及してほしいようですが、こういう経緯があると自分でもあの夫婦生活はなんだったのか、よくわからなくなる、というのが本音です。わけもわからず逮捕された後で、さすがにどんな人間も、「問題などひとつもない誰もが羨む理想の夫婦でした」などと書く気にはなれないでしょう。

かといって、「問題だらけのいつ爆発するかわからない火薬庫のような夫婦生活でした」と書いても、なんとかして辻褄を合わせようとしているだけで真実から遠ざかってしまう気もします。日頃、フィクションを書くことを生業としているぶん、たとえ自分の文章であっても、無理にでっちあげることには敏感なのです。だからこそ刑事の強引な取り調べに耐えられたのでしょうが、こうして過去の夫婦仲を書こうとすると、あれが問題だったのだろうか、こういうのが悪かったのだろうか、と永遠に解けないパズルをいじくっているような気分にさせられます。

とりあえずの結論としては、中年と呼ぶべき年齢で出くわすさまざまな課題において——仕事が増え、支出が増え、男女の更年期が迫り、地域や人とのつきあいが複雑化し、男女の愛から子への愛へと優先順位が変化し、子の教育と養育の課題が常につきまとい、自由な人生とはなんだったのだろうか、と男女ともに考え直し始める時期において——若い頃のようには互いに寄り添えず、支え合うには至らなかった、ということでしょう。

なんであれ、若い頃の愛と信頼が過去のものとなったことは確かですが、それがこの事件の前なのか後なのかもわからなくなってしまいました。

ちなみに弁護士から、「夫婦仲について下手なことを書けば奥さんから名誉毀損で訴えられる危険があるので気をつけてください」と忠告を受けてはいますが、これこのとおり、結局のところまったく面白みのない事実を並べるしかありません。

きっと私の逮捕の報道でも、何にクローズアップしたらいいかわからず困ったことでしょう。過去、わが家で最も大きかった出来事は原発事故ですが、さすがに「原発の爆発のショックでDVが日常化したのでしょう」などと報道することはできなかったに違いありません。字面は衝撃的で、こっちのほうが笑えますが、なんの説明にもなっていないという点ではこれまでに書いたことと大差ありません。

ちなみに、「名誉毀損で負けた場合、いくらくらい払うものなんですか？」と弁護士に尋ねたところ、「公人ではなく私人だと、だいたい、最大で100万円くらいかな」とのこと。

安い金額だとは思いませんが、想像していたよりもはるかに低プライスです。なるほど、週刊誌がさまざまな方面から訴えられても、それくらいの支出なら十分耐えられるし、むしろお釣りがくるというわけです。訴えられないように気をつけろと忠告されている私が言うのもなんですが、もうちょっと高額でもいいような気もします。しかし、名誉毀損の訴えで莫大な金額をせしめられるようになれば、あっちこっちで名誉毀損ビジネスが横行し、メディアが萎縮するどころではなくなるのだとか。

それはさておき、ここで重要なのは、その名誉毀損にあたるような記述自体が私のなかから出てこないということ。つまるところ、私にとっては妻が訴えているということそのものが「完全な死角」であったのです。

逮捕状の記載に、あまりにも意表を突かれた私は、「え？　ウソですよ、それ。誰がそんなこと言ってるんですか？」と、警察相手ではまったく効果のない反論を口にしていたのでした。

朝まで続く不毛な取り調べと手続き

「これ、デタラメですよ。私は殴ってないし、彼女の歯も折れてなんてないでしょう。そういえば差し歯を治したいと言っていたので、そのことじゃないですか」

連行された渋谷警察署の取り調べ室で逮捕状を見せられた私は、とにかく何かの間違いだと思い、反論を試みました。しかし、担当の刑事には「ふうん、そうなの？」と、余裕しゃくしゃくの表情で受け流されてしまいます。

そして、「ま、逮捕ということで。よろしいですね」とこちらの言うことなど完全に無視して、別の刑事が私に手錠をはめ、ロープでスチールパイプの椅子に縛りつけたのでした。

日本警察の比類なき不条理劇はこのときとっくに開幕しており、早くも常識的な会話は成り立たなくなっていました。そもそも刑事に、被疑者の言うことをまともに聞く気などありません。なぜなら日本の刑事裁判では、警察や検察が作成する供述調書がきわめて大きな力を持っているからです。警察も検察も、あらかじめ調書の筋書きを念頭に置きながら取り調べを行います。

つまり警察の取り調べとは、当事者から事実関係を聞き出して捜査の参考にするのではなく、もっぱら用意された筋書きに当てはまることを被疑者に言わせ、それを自白として記録することをいうのです。それ以外の言動は「事件と関係ないこと」として黙殺してしまうのですから、編集者の言うことを聞かない作家も顔負けの無頼派です。

しかも、税金で養われたシナリオライターたる警察・検察の文章能力、あるいは全国の司法関係者が膨大な時間と税金を費やして培った文章作成のための技術は、作家である私をして驚嘆せしめるレベルなのです。

これがいわゆる「自白の強要」というもので、そんなことはつゆとも知らない私を、刑事が悠然と観察しています。

きっと向こうにしてみれば、ほろ酔いかつ疲労困憊の私が相手ですから、少し攻めればあっさり自白するだろうと高《たか》をくくっていたのでしょう。こちらがどれだけ事情を話そうとしても「うんうん」と聞き流すか、あるいは「ちゃんと話は聞くからさ、先に手続きだけ進めさせてよ」などと相手にしてくれません。

この手続きとは、私の経歴の確認や、指紋の採取、三面写真の撮影などをいいます。完全に犯罪者の扱いです。何から何まで不当だと思い、頑強に抵抗してやろうと思っていた私は、しかし結局、素直にこの手続きにつきあいました。実のところ、手続きを担当した鑑識の男性と女性の刑事が、ことのほか物腰が柔らかく、指紋を採る機械のことなど丁寧に説明してくれるので、私はうっかり興味津々となり、彼らの言うとおりにしてしまったのでした。

こちらの好奇心をくすぐる見事な作戦――というと冗談のように思われるかもしれませんが、「親密で楽しい気分にさせて言うことを聞かせる」こともまた、警察の常套手段なのです。

ちなみに、三面写真を撮影する部屋の隣には、「現場を再現するための人形」を置くスペースがありました。ほかにも、いろいろな道具が積まれており、女性の刑事が「これは暴行の再現用です。女性の被害者から話を聞くときに使いますね」などと解説してくれます。

まるでアトラクションの道具部屋を見ているようで、用途を考えれば不謹慎ではありますが、正直、楽しかったのは事実です。担当した鑑識の男性も女性の刑事も、私のような好奇心を剥き出しにする人間は扱いがたやすく、楽な仕事だと思ったに違いありません。

私はここで、一本ずつ、左右すべての指の指紋を採られた後、写真を撮られました。映画などでたまに見かける、正面、左、右と、それぞれの角度から顔を写されるのです。

こうなると、早くも完全に犯罪者扱いですが、実際には「逮捕＝罪」ではありません。警察は、まだ無実であるかもしれないすべての人間に対して、こうした作業を問答無用で行っているのです。

ただ、「本当の犯罪者」も多く収容されるわけですし、この段取り自体は必要なものであると理解できます。しかし、何から何まで、人権などお構いなしのこの世界では、指紋を採取されるだけでも、こちらの自尊心が少しずつ突き崩されるような気分を味わいます。

そうして手続きを終えた私を待っていたのは、手錠とロープと取り調べ室、そしてこちらの主張になんの興味も示さない担当刑事です。

ちなみに警察署内では、移動する際には常に手錠がかけられます。そして取り調べ室で椅子に腰を下ろすと、手錠が外され、代わりにロープで腰のあたりを椅子に縛りつけられるのが常でした。手錠はすぐにまたかけられるよう、私の腰のロープに吊すようにして固定します。

私の荷物はすべて奪われ、携帯電話すら返してもらえません。仕事相手に連絡させてくれと言い募っても、刑事は「電話がしたいならかけてあげるから番号を書いて」と返すばかり。「通信の権利は守ってあげている」という体裁を繕っているのです。

しかし、今どき電話番号を暗記している人などどれだけいるでしょう。事実上、外部と連絡を取るすべは封じられ、実家や弁護士に助けを求めることもできません。まさに密室であり、八方ふさがりの状態です。私にできることといえば、警察側が示す状況を否定し、真実を訴え続けることのみでした。

とにかく逮捕状の内容を認めさせたい警察は、あの手この手を講じてきます。たとえば、私に妻の愚痴をしゃべらせようと、「わかるよ、その気持ち」などと同情してみせたり、そうかと思えば突然、「今さら後悔しても遅いんだよ」などと厳しくなったりします。

私は椅子に縛りつけられて立つこともできません。身体的に不自由な感覚を与えることも、被疑者の心を弱らせ、屈服させるための手法です。うわべは親身なふりをし、殴る蹴るといったことはせずとも、こちらの自尊心を奪い、体力を削り、心を折ろうという工夫が至るところに見えました。

会話においても、私がひどい睡眠不足であると見てとるや、今後の段取りについての説明をあえて繰り返しえんえんと語るなどして、こちらを疲労させ、判断力を鈍らせようとします。やがて、私が十分に弱ってきたと思ったのでしょう。刑事の質問に、ある特徴があらわれるようになりました。

それは、「偶然だったんじゃない?」という聞き方です。

「振り返ったとき、手にした何かが、たまたま相手の顔に当たったのでは?」

「無意識に、体のどこかが相手の顔にぶつかったのでは?」

などと、今思い返しても非常に馬鹿馬鹿しいロジックを大真面目に持ちだし、なんとか罪を認めさせようとするのです。私は最初、刑事としてもさまざまな可能性を考慮しないといけないからそんなことを言っているのだろうと解釈し、「うーん、それはないと思いますよ」と一応、考える素振りを見せました。もちろん内心では、そんなことあるわけないだろうと呆れ返っています。

すると刑事がだしぬけに、こんなことを言いだしたのです。

「たとえばさ、奥さんに向けて指とかさしたときに、うっかりその指先が歯に当たって、そのせいで歯が折れたけど気がつかなかった、なんてことはない？」

そのとき私の脳裏に浮かんだのは、『北斗《ほくと》の拳《けん》』や『グラップラー刃牙《バキ》』など漫画の世界です。振り返って「うっかり」指先で人間の歯を折る？　もしそんなことが可能なら、私は拳法の達人であり、ただちに目の前の刑事をそのようにし、署内の人間をなぎ倒して出ていったことでしょう。

真面目に話につきあっていた私は、そこで初めて、「筋書きがあるのだ」と悟りました。どうにかして刑事が組み立てた筋書きに私を当てはめたい。そのためには、どんなに馬鹿馬鹿しい理屈でもいいから、私に「はい、そうです」と言わせる必要があるのだと。

そうした不条理な取り調べを受けることで、私は刑事が拠《よ》って立っている、逮捕状というものに疑念を抱くようになりました。私が逮捕状に関して最初に抱いた疑問は、

「果たして妻が、あんな誰にでもすぐにわかってしまうようなウソをつくだろうか？」

ということでした。

人通りが多い、仕事場のマンションのエントランスで、私に殴られて歯を折られた——どう考えてもウソとしては不出来です。往来する人の目もあれば、エントランスに備え付けられた防犯カメラもあります。管理室で保管されている防犯カメラの映像データを見れば、私がそのような行為をしていないことはわかるはずでした。

その疑問は、やがて私のなかでまた別の、意外な疑念につながっていったのです。

〝もし、逮捕状に記載されている一連の内容も、警察によって一方的に作られたものだとした

ら……？〟

それは、さまざまに手を替え、品を替えて、私に「やった」と認めさせようとする警察の強引な取り調べを経験するうちに、ふっと心に湧いた疑念でした。

警察は、私を逮捕に持ち込むために、書類を整える必要があったのではないか。そしてそのために、警察内の誰かが逮捕状を「作文」し、それを妻なり他の誰かなりに認めさせたのではないか、と。その疑念は逮捕から留置場生活を経て釈放されるまで、ずっと私の頭のなかから消えることはありませんでした。

それとともに、だんだんとこの理不尽さに対する怒りが蓄えられてゆき、やがて私のなかで完全にスイッチが入りました。

――こうなったら、とことん相手をしてやろうじゃないか。これは戦争だ。

途中からはもう、妻の存在すら完全に忘れてしまっていたほど、警察との戦いに全精神を振り向けていたのです。

結局、このあまりにも不毛な取り調べは、翌朝まで、なんと9時間以上も続くことになったのでした。

しかしこれは、警察の不条理劇の序章にすぎません。ここから、警察の伝統的かつ前近代的な体質の結晶ともいうべき留置場に連れていかれ、いよいよ素晴らしき留置場生活の幕が上がるのです。

第1章　留置場生活のはじまり

マスコミは警察の御用聞きみたいなもの

打ち上げの席から姿を消した私がどうなったか、イベントに参加していた編集者やプロデューサーたちが知ったのは、週明けのことだったとか。「冲方丁逮捕」がいっせいに報道されたのです。

マスコミへの発表はもっぱら副署長の仕事だそうで、刑事が私を取り調べている間にも、この一件を大々的に世間に流布させるべく、マスコミに情報を流していたのでしょう。

そうして「冲方丁が妻へのDV容疑で逮捕された」という警察が用意した作文が、世に広まったのです。

私は、もちろん逮捕されていたため、報道についてはまったく知りませんでした。後日、留置場内で面会した編集者が「政治家なみの大ニュースになってますよ！」などと言うので、私は思わず、「すごい、大物みたいだ！」と笑ってしまったものです。

それにしても、警察のマスコミに対する態度には、びっくりさせられたものです。私の取り調べを担当した刑事などは、2度目の取り調べの席で、「ニュースになっているみたいだね」と、しらばっくれていましたが、その顔には「自分たちが流した」という自慢げな表情が浮かんでいました。

その態度はいかにも不遜です。担当の刑事ではない別の職員に、警察の発表をマスコミが疑いなく、即座に流すことについて「すごいですね」と揶揄すると、素直に賞賛ととらえたらしく、「まあ、うち（警察）の御用聞きみたいなもんだから」とつぶやいたほどです。

日本のマスコミを自分たちの営業というか使いっ走り扱いとは、さすがに私の想像の斜め上をいかれました。

「それ、言っていいんですか」と突っ込むと、私がマスコミとも仕事づきあいがあることを思い出したのか、「ああ、いやいや……」と笑ってごまかします。警察が報道というものをどう考えているか透けて見えた気がして、〝日本のジャーナリズムについての議論が盛んになるわけだ〟と納得してしまったものでした。

それにしても私のこの一件は、ずいぶんと大げさに取り上げられたもので、面会に来た弁護士いわく、「たまたま他に大きな事件がなかったからでしょう」とのこと。

私を逮捕した渋谷署の面々からすると、私という被疑者は「手柄」をアピールするための絶好の獲物だったわけです。

おかげで私は本来の自分以上に「大物」扱いをされることとなり、なんとこの時期、結果的に本の売り上げは大変好調となったのでした。

第1回の取り調べ終了。質素な留置場弁当

さて、およそ9時間にもおよぶ取り調べは、さすがに体力的にも精神的にもかなり厳しいものがありました。人権無視もはなはだしいかぎりです。そもそも日本の司法の世界では「人権」という言葉がとても軽んじられて使われているそうで、たとえば弁護士が人権についてとやかく言うと、「なんだあの人権派は」と馬鹿にされるとか。大した文明国です。

そうした不条理で一方的な警察の態度に、私はいつしか激しい怒りを募らせていました。結果的にはそれが、「こうなったらとことん自分の言いぶんを主張してやるぞ」と、自身を奮い立たせる原動力となったのです。被疑者を誘導するという観点からすると、刑事のやったことはすべて逆効果だったといえるでしょう。

見方を変えれば、下手くそな取り調べでラッキーだったともいえます。もし、もっと巧みに誘導されていたら、〝警察は信頼すべき組織だ〟と無邪気に思い込んでいた私など、あっさり騙されていたかもしれません。

本書で対談した、映画『それでもボクはやってない』の周防正行《すおまさゆき》監督から聞いたお話で面白かったのが、「取り調べを録音、録画などで可視化すべき」という議論において、「可視化は、問題が多いと言われる取り調べを客観的に検証できるので、取り調べ技術の教育にも役立てる

べきだ」という意見もあるのだとか。

結局、密室化を重視するコミュニケーションというのは、あとで誰かから批判的な意見を言われることがないため、どんどん乱暴で非常識で馬鹿馬鹿しいものになっていくのです。

また、私は仕事柄、こういったシチュエーションへの慣れもありました。徹夜で原稿を仕上げた後、そのまま一睡もせずに新幹線で地方へ向かい、舞台挨拶で登壇するような経験を、これまでに何度となく重ねてきたからです。疲弊しきった状態のなかで、どうにか頭をフル回転させなければいけない局面には、ちょっとした自信すら抱いていました。

何時間にもわたりえんえんと尋問され、時に恫喝まがいの暴論を、時に懐柔するような同情を投げかけてられても、私はいっこうに言いぶんを変えません。泣き言も口にせず、むしろ笑って相手の言葉を否定する強情な私は、刑事にとっても厄介な被疑者だったのでしょう。

とうとう最後まで主張を貫き、被疑者が無実を主張する内容の調書を作成しなければならなくなった刑事は、いかにも不満そうな顔をしていました。

最後の最後まで、「本当にこれでいいんだな？　後悔しないな？」と念を押されましたが、これは〝素直に認めれば、すぐに家に帰れるんだぞ〟といった恫喝をふくんだ、向こうなりの駆け引きであったにすぎません。

私は平然と、やや勝った気分にすらなりながら、その調書に拇印を押しました。しかし後日、弁護士から「供述調書には拇印を押さないでください」と言われ、それこそ後悔したものです。

というのも、先述したとおり、日本の刑事裁判ではなによりも警察・検察の供述調書がものをいいます。彼らの作文である調書には、基本的に彼らにとって都合の良いことしか書いてありません。たとえ、こちらの主張どおりの調書であるように見えても、裁判になったとき、確実にこちらが有罪になるような「何か」が記されているはずなのです。

最後の最後で、そういった予備知識がないため失点を犯しましたが、そのときの私には知るよしもありません。ただひたすら疲労に耐えながら、次に何をされるのかと身構えていましたが、結局、この最初の取り調べは終了となったのでした。

その頃にはとっくに朝になっており、刑事のほうが疲れてしまったのか、あるいは別件の仕事でもあったのか、調書を取り終えると姿を消してしまいました。代わりに、私の指紋を採った鑑識の男性が見張りにつき、しばらく雑談をすることとなりました。

気さくで親密な空気を作る役を担っていたのでしょう。私の質問にいろいろと答えてくれました。たとえば、「鑑識ではどんなハイテク機器を駆使するんですか」と尋ねたところ、「テレビドラマみたいに、ピピッとデータを照合するなんてしませんよ。全部、手作業。指紋も肉眼で見分けます」とのこと。

また、取り調べで重要なことは何かと尋ねると、「勘を働かせることですね。やったかやってないか、だいたい勘でわかります」という返答が。

どうやら担当の刑事の勘は、それほど働いていなかったようです。

「何から何まで原始的なんですね」と思わず口に出していましたが、この男性は皮肉ではなく共感されたと思ったようで、「もう大変なんですよ」と溜め息まじりにうなずいていました。

留置場に入るための準備が整うのを待つ間、私はもっぱらこの鑑識の方と、かなりだらだらと喋っていました。そうしていると、留置場の担当の人間が現れ、刑事とは打って変わって居丈高な態度でこう告げました。

「よし。それじゃあ、お前はこれから留置場に入ることになるから。今までとは違うんだから、心を入れ替えろよ」

まるで私がすでに裁かれ、刑が確定したかのような言いざまです。私になめられまいとして必死にこわもてを作ろうとしているさまが、なんとも滑稽で、私はとくになんの返事もせずこの人物を眺めていました。

反抗を恐れて威嚇するというのは、それこそ、後ろめたいことがある人間の態度です。取り調べでさんざんひどい目に遭わされ、怒りに満ちた人間を長期にわたり閉じ込めておくという非人道的な仕事を続けていると、だんだんと心は卑屈になり、態度は暴力的、口調は高圧的になってくるのでしょう。

このように警察官に威嚇されても平然としていられたのは、やはり、やっていないことで咎められてたまるか、という思いが腹の底で煮えたぎっていたからです。

こうして、私は留置場に入りました。8月23日、日曜日の朝のことです。

基本的に私は曜日を気にするタイプではありませんが、いつもであれば、なるべく子どもの相手をしてやる時間を作らなければ……と多少なりとも意識する日です。たった一夜で、ずいぶんと日常からかけ離れた世界にやってきてしまったものだという思いに駆られました。まるで小説のようです。この先しばらく、私の作品に登場する警察は、のきなみ悪役になるに違いありません。

長い長い取り調べを経て、私のなかでは早くもひとつの達観した思いが芽生えていました。それは、〝ここは常識の通じないアメージングワールドだ〟ということ。だから、ここのルールをきちんと知っておかなければ、どんな目に遭わされるかわからない。逆に、ルールさえしっかり把握しておけば、それを逆手に取ることもできるかもしれない。

そうした意図から、留置場入りの手続きに際して、私は素直な態度を決め込むことにしました。従順というより、一刻も早く環境に適応しようという態度です。しっかりと先を読み、つけ入る隙を与えず、この一件の裏にひそむ真実を暴くチャンスをうかがおうというわけです。

そのために、まずは少しでも体力を回復しなければなりません。留置場の担当の人間が退室してのち、私に最初の「留置場弁当」が与えられました。

弁当の中身は、あたかも〝おまえは今後こういうものしか食べられない立場だからな〟と言わんばかりの質素なもので、白米と薄っぺらいハムカツ、数本のマカロニ、キンピラゴボウらしきものが少し。どれも味つけは薄く、まるで食べた気がしません。

これはのちに察したことですが、どうやら被疑者になるべく糖分と塩分を摂らせないことで、集中力と抵抗力を奪おうとしているのでしょう。警察内における人権意識の薄っぺらさが大変よくわかります。

ちなみに弁当を食べている最中も、腰縄で椅子につながれた状態です。自然と背もたれに沿って背筋が伸びる状態なので、普段からつい猫背になりがちの私は、「これって姿勢が良くなるかも」と真面目に考えていたのを覚えています。

弁当を平らげると、相変わらず見張りをさせられている鑑識の方から、「しばらく寝てていいですよ」と言われたので、椅子に座ったまま仮眠を取ることにしました。

ちなみに私が寝ようとしていると、鑑識の方は入り口で椅子に座り、驚くべき早さでぐうぐう寝息を立て始めました。のび太くんも驚きの寝つきの良さです。なんでも、警察の仕事はひたすら寝ずに続けるものが多く、少しでも寝られるとなると、「立ったままでも寝る」のだそうです。

これは強敵だ。私は変なところで対抗心を燃やし、不自然な体勢でなんとか眠りました。

やがて移動の時間がきて、短く浅い眠りから引き離されました。取り調べ室から留置場へ移されるにあたり、両手にしっかり手錠をはめられ、腰にロープをかけられて犬の散歩のような姿にされます。ここで再び女性の刑事が現れ、私の手錠をカギで固定します。

手錠には鍵穴がふたつあり、「これ、それぞれ役割が違うんですか？」と聞いてみると、ひとつ目のカギは、手錠が外れないようにロックするためのものであり、もうひとつのカギは、手錠の輪の部分がそれ以上締まらないように固定するためのものなのだとか。

私はその女性の刑事に、興味本位で手錠の構造についていろいろ質問を重ねました。

「へえ。これはすべての手錠に共通する仕組みですか？」

「ええ、そうなんです」

と親しげに答えてくれることには少し驚きましたが、私はとにかく何もかもが物珍しい状態から早く抜け出そうと必死でした。早くこの世界に慣れねばならない。そうしなければ戦うこともできない。そう自分に言い聞かせながら、手錠がはめられた両腕を見下ろしていました。

最先端の「留QLOファッション」に身を包む

留置場に入るにあたっては、先に検査室のような部屋で、あらゆる衣服、持ち物を入念にチェックされることになります。

このときに私が着ていたのは、前夜のままの普段着でした。留置場内はあらゆる危険物の持ち込みが禁止で、ファスナーがついたジーンズも持ち込むことはできません。

彼らの論理からすると、ファスナーの金具すら危険物に相当し、他人を傷つけたり、あるいは自殺のために使用されたりする可能性を孕んでいるわけです。

手荷物の中身はすべて床に並べられ、それこそ財布の中身もカード1枚からひとつずつさらされ、書類に記録されます。これは後に、1点も漏らさず本人に返却するための記録なのだそうですが、それがいつのことになるのかは、この時点では知るよしもありません。

ここで、「留置場内では歯ブラシ、タオル、石鹸は有料だから、そのぶん引いとくからな」と、警官が私の財布から勝手に1250円を抜き取りました。私は危うく〝警察にかつあげされちゃった〟とつぶやきそうになったものです。実際につぶやいていたら、きっと私の留置場ライフは、布団を没収されて床で寝かされたり、拘束具でぐるぐる巻きにされて独房に放り込まれたりと、さらに変化に富んだものになっていたことでしょう。

また、飲食物は持ち込むことができない規則だと一方的に言われ、前夜のイベントでファンの方からいただいた差し入れを「これは廃棄するからな」と、まとめてゴミ箱に放り込まれました。ファンのみなさまには大変申し訳なく、機会があればこの警察官の氏名を公開することもやぶさかではありません。公務員にはプライバシーというものはないに等しいそうで、彼らの氏名を知ろうと思えばいくらでも手段はあります。

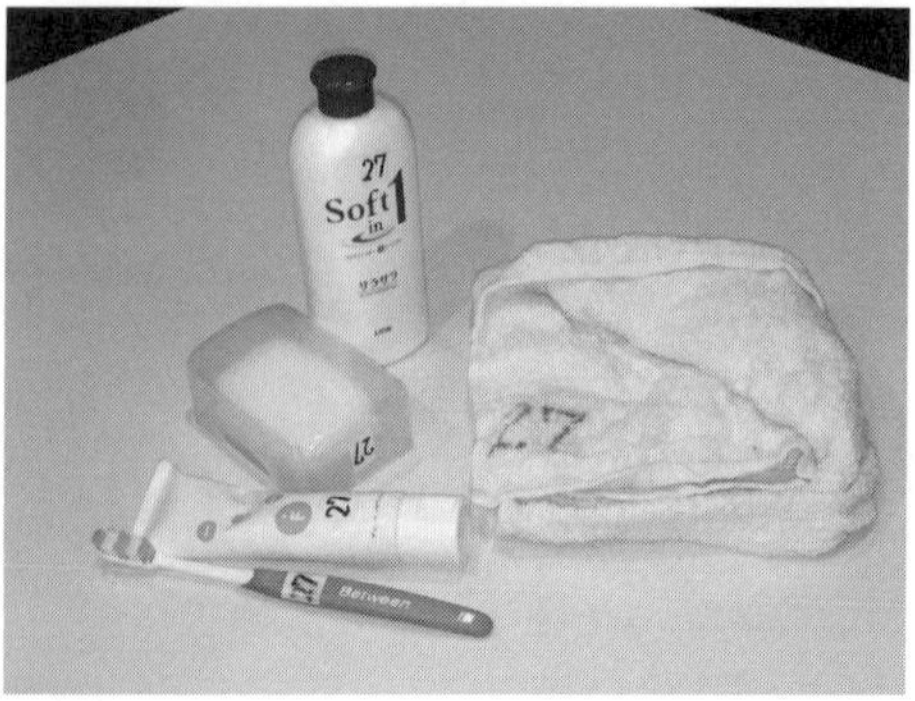

留置場で使っていた歯ブラシ、タオル、石鹸など

それどころか、まっとうな理由さえあれば氏名のみならず個人情報を公開されても文句は言えないのだとか。だからでしょうか、彼らは自分たちの「正体隠し」に必死です。互いの氏名も階級も決して口にしません。被疑者に個人情報を知られて報復されるのが怖いのでしょうか。そのわりには、「ストーカーくらいで相談に来るな」といった態度を育んでいるのですから、我が身ほどには一般市民が保護されるべきとは思っていないのでしょう。必然、被疑者の人権など、私のファンからのプレゼントと同じく尊重する気もないわけです。

さておき、彼らがこうして、わざと私の荷物を放り投げるような悪辣な態度をとってくるのも、いうなればパフォーマンスの一環のようなもの。立場の違いを明確に誇示し、とにかく被疑者を屈服させることに重きが置かれているのです。

おそらく多くの被疑者が――なかでも本当に罪を犯していない人々が――ここで、ぼきりと心を折られたことでしょう。

そして洋服もいったん没収。すべて脱がされ、素っ裸のまま壁に手をついて尻の穴までチェックされるのは、映画などでもよく見る風景です。

ただ、現実は少し違うなと感じたのは、浴衣のようなものを羽織らせてくれることと、チェック自体はさっと妙にスピーディに終えたことです。被害者に不快感や屈辱感を与えないよう、それなりに配慮しているということなのでしょう。

このとき身長と体重も計測されるのですが、ちょっと腕を組んだり、腰に手を当てていたりしようものなら、すぐに「おまえ、警察を舐めてるのか！」「まっすぐ立て！」などと罵声が飛んでくるので要注意。

こうした高圧的な態度は、この後もずっと続きます。逮捕された被疑者の拘束時間は、ひとまず最長72時間に限定されています。そのため彼らは、その間にできるかぎり被疑者を締めあげ、精神を圧迫し、なんとしてでも罪を認めさせようと躍起になっているわけです。

補足しておくと、その72時間のうちに、検察は裁判所に「逃亡の恐れあり」などを理由に、10日間の勾留を請求でき、その後、さらに10日間の勾留の延長を請求できます。つまり警察と検察は、最長で23日間、被疑者の身柄を拘束し続けることが可能ということになります。

社会人が、いきなり23日間も閉じ込められ、行動の自由を奪われたらどうなるか、想像してみてください。仕事を失い、信頼を失い、その後の経済活動に致命的な打撃を負いかねません。

しかし、それこそが日本の警察の仕事なのだそうです。とくに留置場では、被疑者が無実である可能性などまったく考慮されません。なにしろ刑事裁判の有罪率99・9％の国です。被疑者とみなされた人物はすべて、その経済活動を封じ、精神と肉体だけでなく、その経済力をも打ち砕くことで、屈服させるのが仕事なのです。

なんという前近代的ぶりでしょう。とりわけ留置場に私を入れる際、荷物が多かったからか、単に私という「大物」を見たかったからか、狭い部屋に7、8人の警察官が入れ替わり立ち替わり現れ、「人権侵害祭り」とでも呼ぶべき活況を呈していました。みんなで手拍子でもすれば、ミュージカルのワンシーンのようになったに違いありません。

こうして留置場生活が始まることになった私。ひととおりの検査を終えると、留置場内で着用するトレーナーが貸与されるのですが、ここでなんと、衝撃の品が登場するのでした。

渋谷署の方々の豊かなユーモアセンスがいかんなく発揮されたというほかありません。ねずみ色のトレーナーの上下それぞれに、マジックで「留QLO《とめくろ》」と書かれていたのです。

トメクロ。つまりユニクロとのタイアップのようです。さすが天下のユニクロ、国家権力ともビジネスをしているのでしょうか。着用する者を誰であれ、イラッとさせずにはおかない優れたセンスです。おおかた悪ノリした警察官がニヤニヤしながら書いたものであるとうかがえます。

これも再三述べてきたように、被疑者の心を折り、早期に屈服させるための彼らなりの工夫の一環なのでしょう。こうして被疑者を面白半分にイジることで、自分たちの優位性を誇示しているわけです。その手法のバリエーションは非常に豊かで、小学生レベルのものから、咄嗟にそうとは気づかないほど巧妙なものまであります。

私はなんともいえない屈辱感と同時に、〝本にするときはこれを表紙にしてもらうといいかもしれない〟といった諧謔《かいぎゃく》の念を抱きながらこの留QLOファッションに身を包み、再び手錠をはめられ、房へと案内されることになりました。

「おまえ、今から27番な」

留置場内では基本的に名前で呼ばれることはなく、番号で管理されます。つまり、私はこの時点からしばらく、「冲方丁」ではなく、「渋谷署の27番」という新しい存在に生まれ変わったわけです。つい、「3の3乗か。わりと良い数字だな」と思ったのを覚えています。きっと今後の私の作品にときおり登場する数字となることでしょう。

通された房は6号室。房は基本的に4人部屋で、先に逮捕されていた見ず知らずの被疑者の皆さんと相部屋ということになります。

私が初めて6号室に通されたとき、そこには30代とおぼしき日本人男性と、40過ぎに見える外国人男性（のちにイラン人と判明）が待っていました。

ちなみに日本人男性のほうは、私の数日前に逮捕の報道があった、とあるグループの元幹部、Kさんでした。

同房にはイラン人と某グループの元幹部が

ファーストインプレッションこそ、いかにも場慣れした様子のおふたりを見て、〝どういう人たちだろう……〟と内心で大いに警戒心を抱いたものですが、なにはともあれ「初めまして、えーと、番号は27番です」とご挨拶。

これがこういう場にふさわしい挨拶なのかはわかりませんでしたが、どうやら正解であったようです。ふたりからも挨拶をされました。

話してみると、Kさんは非常に物腰の柔らかい丁寧な人柄で、イラン人さんも流暢な日本語を操る気さくな人物です。本当はもうひとり、初老のホームレスの方がここで生活しているとのことでしたが、このときは取り調べのため不在だったようです。

印象的だったのは、ほんの6畳程度の狭い房内で共同生活を送らなければならないことから、留置場内では協調と礼儀が重視されていることでした。不親切でマナーの悪い人間は、ここでは村八分にされます。

正直、房に入ったときは相手がどんな人たちであれ、〝言いがかりをつけられないよう注意しよう……〟と身構えたものですが、このふたりとの出会いはまさに僥倖《ぎょうこう》であり、後日、編集者や弁護士から「引きが強い」と、そろって感心されたものでした。

ほかの被疑者と比べ、明らかに「普通」の人間である自分が連れてこられたことは彼らにとっても珍しいようで、Kさんはすぐに「なんでここに入ったんですか。交通事故とか?」と聞いてきました。「交通事故は誰でも入りますから」とのこと。

「なんかですね、傷害らしいんです」

「えー。そういうの、やりそうもない感じに見えますけど」

「はあ……やってないんですけど、妻か、もしくはほかの誰かが訴えたらしくて……」

「ははあ。それ、たぶん民事でお金を取るためでしょうね」

即座にそんな言葉を返されます。たったそれだけの会話で、彼らがこの場の仕組みを熟知していることがよく伝わってきます。

傍らではイラン人さんが、「朝まで取り調べですか。ずいぶん抵抗したんですね。大変だったでしょう。ちょっと休んだほうがいいですよ」などと気を遣ってくれます。

彼らとの会話でひしひしと感じたのは、日本における裁判上の有罪率の高さには、冤罪のケースが相当数あるんだな、ということでした。

軽微な犯罪の場合、逮捕、そして取り調べの段階であっさり認めてしまえば、通常は略式起訴の形が採られ、すぐに帰らせてもらえるのです。無実の罪で前科が付くことにはなりますが、一刻も早く自由を手にすることを優先する人も決して少なくないでしょう。

略式起訴というのは、簡易かつ迅速に事件を処理する場合になされる起訴のこと。正式には略式命令請求といわれ、検察官が被疑者の同意を得て、簡易裁判所で公判を開かずに書面審理で刑を言い渡す起訴手続きです。被告人は一定額以下の罰金、または科料を支払う必要があります。

しかし、私はやってもいないことを、やったと言いたくはありません。こうして留置場に放り込まれてしまった以上、これからの戦い方や方針を、ちゃんと考えねばなりませんでした。まずやるべきことは、弁護人の確保です。私ひとりではとても戦えません。外部と連絡を取ってくれるとともに、法的知識を与えてくれる代弁者が必要になります。

しかし、こうした事態が初体験であるどころか、人生においてまったくの想定外であったため、頼れる弁護士に心当たりなどありません。携帯電話も取り上げられてしまっている以上、検索して探すことも不可能です。

一応、当番弁護士という誰でもお世話になれる弁護士制度があるものの、やや心もとないのも事実。当番弁護士は念のため頼んでおくにしても、この一方的かつ八方ふさがりな状況を打開するためには、それなりに腕の立つ弁護士の力を借りたいところです。

そんな私の心情を察し、どうやらこのままでは私が不利な立場になると悟ったらしいKさんが、すぐさま助け舟を出してくれました。

「弁護士はいるんですか?」

「それが……まったく心当たりがなくて」

「じゃあ、この人がオススメですよ」

そう言うとKさんは、自分のノートを開くと、ページの間に挟んであった名刺の束を取り出してトランプのように広げ、その中の1枚を私に見せてくれました。

基本的に房内に私物を持ち込むことはできませんが、ノートなど弁護士との打ち合わせに必要なものは自分で管理することができます。弁護士たちの果敢な運動によって実現したことだそうで、それまで留置場では筆記用具すらまともに持たせてもらえなかったとか。

弁護士の名刺についても、保管すること自体は問題ないそうですが、他人に見せることはご法度。そもそも被疑者同士の情報共有などには非常にうるさい場所です。

そのため、名刺に書かれた情報を堂々と書き写すようなことはできず、「ここに置いておくので、暗記してください」と私に耳打ちするKさん。こっちが驚いてしまうほど気配りに長けた好人物です。

私は礼を述べつつ、事務所名と弁護士の氏名、そして電話番号を丸暗記しました。するとKさんが頃合いを見計らって、房の外にいる警察官を呼んでくれます。

私は弁護士と連絡を取りたい旨を告げ、差し出された紙に今覚えたばかりの連絡先を記して渡し、警察から電話を入れてもらう、という段取りです。

こうした伝達を行うのは警察官の義務ですが、先方が不在であったりつながらなかったりすれば、「不在だった」のひと言で終わってしまうので、留守電にメッセージを残してもらうなど、細かく指示を伝える必要があります。

初めてのランチタイム

この日の昼食は、私にとって留置場内で食べる初めての食事でした（朝食は取り調べ室で与えられています）。

ランチタイムになると、スピーカーからクラシック調のよくわからないBGMが流れはじめ、各房をまわる給食当番の人が、房の差し入れ口からまず、ゴザのような敷物をガサッと突っ込んできます。このシートが食卓代わりとなります。

差し入れ口から配給されるものを誰が受け取り、誰が配るのかという役割分担は「あ、俺やりますよ」と自然に決まります。房内のふたりは非常に紳士的で、シートの次にお茶をもらうための容器、そして食パンが差し込まれると、それらをテキパキと配ってくれました。

ちなみに留置場で与えられる昼食は、「自弁」と呼ばれる有料オーダーをしないかぎり、基本的に食パンと紙パックのジュースのみ。サラダもスープもありません。

正直、〃え、これだけ!?〃とびっくりしましたが、同時に〃いちいち驚いたりガッカリしたりしていたら、これはとても精神がもたない〃と、気の引き締まる思いもありました。もはや、すべてを受け入れる心構えを持っておかなければ、ここでの生活にはとても耐えられないでしょう。

こうしてポジティブな気持ちを維持しようと努力していたのは、私だけではありません。房内に閉じ込められた人々すべてに共通するものだったと思います。ここでの生活ではギリギリの精神状態に追い込まれるため、一度しょんぼりしてしまうと、下り坂を転げ落ちるように一気に沈み込んでしまう。そのことを誰もが経験から、あるいは本能的にわかっているのです。だからこそ皆、よく笑い、平静を保とうとしていました。激情がこみあげてくると必死に抑え

打ち合わせのためのノート。留置場での番号が書かれている

こみ、懸命に自分を鼓舞するのです。

なお、晩ごはんもやはりコンビニ弁当を貧相にした程度で、たとえばある日の弁当は、白米の他におかずは揚げ物ひとかけら。そしてマカロニグラタンひと摘み、マカロニサラダひと摘み、漬物が少々、といった内容でした。ボリュームはもちろん、味は極端な薄味、栄養バランスなどなきがごとしで、被疑者が生存してさえいればいいといった乱暴な食事でした。ダイエットに最適、と言いたいところですが、炭水化物ばかりのうえに極端な運動不足に陥り、しかも24時間、日光を遮断されているので、体に悪いことこのうえありません。

食事が終わってしばらくすると、私が依頼した当番弁護士がやってきました。こちらから、取り調べでもさんざん主張したとおりの、一連の状況を説明。この際、今後の打ち合わせのためのノートを受け取りました。

Kさんに紹介してもらった弁護士は、その夜、わりと深い時間に面会に来てくれました。渋谷署はあえて面会の時間帯を狭く設定しているそうで、どうしても遅い時間になってしまうのだそうです。こちらは、Kさんのお墨付きというだけあって刑事事件に慣れた調子で、テキパキとした対応です。

後になって知ったことですが、その方は日本で最も有名な弁護士事務所に勤めており、さまざまな人から「よく依頼できたな」と驚かれました。房でKさんと出会ったことで、私はまったく無知な状態のまま、最高の手札を引いたのでした。

この弁護士はとにかく強気で、私が面会室に行く際、いちいち難癖をつけて面会時間を短くしようとする警察官に対して、「なにやってんですか、早くしてくださいよ!」と怒鳴り声をあげるなど、頼もしいことこのうえありません。

さらには、「私のほかにもうひとり、サポートを付けますので」と、ふたりがかりで担当してくれるという手厚さ。これも心強い材料でした。

ここで気になるのは、弁護士費用でしょう。今回、弁護士との契約に必要な着手金は50万円に消費税が加わり、計54万円。これは留置場を出てからの支払いとなりますが、その際には成功報酬として、もう50万円が必要となります。

これはあくまで、今回の逮捕に関する報酬であり、もしこの後、妻との離婚訴訟に発展するとなれば、その費用も別途必要となります。

ちなみにここでいう「成功」とは、不起訴処分を勝ち取り、私に前科が付かないよう努めることを指しています。

ただし、これにはさまざまなケースがあるようです。晴れて釈放となった場合であっても、不起訴処分になるとは限らないということなので、予断を許しません。合計100万円というのは決して安い金額ではありませんが、それだけの価値がある弁護士だと、面会してすぐに思いました。

のちに、「もうひとり」の弁護士からは、「普通は安心感を優先して、会社やふだんつきあいのある人から紹介される弁護士を雇うものです。房内のほかの被疑者を即座に信用して、紹介してもらった弁護士を雇うというのはすごい感性だし、決断力だと思いますよ」などと感心されました。

ただ単に、私にはほかに選択肢がなかったというだけのことですが、確かに、安心できる弁護士が現れるのを待って日数を費やす人もいるのでしょう。私の場合、このときの即断が、最大23日間という拘束期間の半分も経たずに釈放されることへとつながったのでした。

さて、こうして正式に弁護士が付いたことで間接的にではありますが、ようやく外部との接触を持つことが可能になります。「宅下げ」といって、弁護士は警察が保管している被疑者の私物を引き揚げることができるのです。

そこで弁護士に携帯電話の宅下げを依頼し、まずは母親と仕事関係者など、ひととおりの連絡をお願いすることにしました。

特に「沖方サミット」のメンバーには、打ち上げの席から突然連れ出されたまま連絡が途絶え、さぞ心配をかけているはず。なにしろ私がこうして留置場内に閉じ込められていることは、まだ誰も知らないのです。今後予定している打ち合わせのアポイントなども、いったんキャンセルしなければならないでしょう。

ともあれ、弁護士経由で懇意の編集者と連絡を取り、関係者への事情説明と対応をお任せできたことで、少し気持ちが楽になりました。

また、弁護士との最初のやりとりで印象的だったのは、「妻を殴って歯を折った」という疑いについて、私が「やっていません」ときっぱり告げると、弁護士が「わかりました。そうなると、『それでもボクはやってない』の世界に突入しますので、覚悟してください」と言われたことでした。

そうか、自分はあの不条理な世界に、これから入り込むのか——と、あらためて覚悟を抱いたのでした。

留置場で「先生」と呼ばれる

こうして留置場生活の初日は、慌ただしく過ぎていきました。

前夜から一睡もせずに続いた取り調べの後ということもあり、疲労困憊だった私は、合間に仮眠を取ったりすることにも忙しく、正直なところこの状況に絶望したり悲嘆したりする暇などありませんでした。

やがて取り調べからホームレスさんが戻ってくると、あらためて「初めまして」とご挨拶。この方はどちらかといえば寡黙で、同じ房で過ごす期間中、さほど深いコミュニケーションをとることはありませんでした。

このホームレスさんが非常にマイペースに見えたのは、屋根があって3食付いているこの環境が、むしろ彼にとって快適な部分があったからでしょう。

実際、私たちにとっては不便な生活であっても、「こんなの別に普通さ」と意に介さない様子。ただ、警官たちに怒鳴りつけられたりすると、「ちくしょう」「早く外に出たい」と、悔しさに打ち震えながら壁を殴っていたのが印象的です。

ホームレスさんの手には、ゴツゴツとした拳ダコができていたので、逮捕される前から、そうやって何かに怒りをぶつけながら自分を抑えていたのかもしれません。

壁にあたる様子を見た私以外のふたりは、「やめておきなって」となだめたかと思うと、「いっそやっちまえば?」と笑いながらけしかけるなどしています。いずれにせよホームレスさんの気持ちをまぎらわしてやるためであり、同房の相手への気遣いでした。

Kさんもイラン人さんも、冗談めかして、「あなたが喧嘩すれば、独房行きになるから、部屋の人数が減って広くなるからいいね」などと言っていましたが、決して本気で言っているわけではないのだと私にもわかりました。

ともあれ私は、そんな3人の共同生活者との雑談の中で、留置場内の暗黙のルールや刑務官ひとりひとりの特徴、何をやったら怒られるかという注意点など、いろんなことを学んでいったのです。

たとえば、留置場内では就寝前に自分が使う布団を布団部屋に取りにいき、起床後には元に戻しにいく、という決まりがあります。

「棚に布団の写真があるけど、それと同じ形に畳んでおかないと、布団を没収されるから気をつけてください」とKさんが言い、イラン人さんと一緒に畳み方を教えてくれました。それが不条理で、被疑者を屈服させるためのルーチンワークであることを、ふたりとも当然のように理解しています。そのうえで、「粛々と従い、つけいらせないことが自尊心を保つうえでも重要」であることを教えてくれました。

こうして房内での立ち居振る舞いや心構えを丁寧に教わる一方で、お互いの職業についても話す機会がありました。Kさんもイラン人さんもお店を経営しているとのことで、私が彼らの話を興味深く聞いていると、

「仕事は何をされているんですか?」

とKさんに尋ねられました。

「えーと、作家なんです」

「え! どんな本を書いてらっしゃるんですか?」

「いろいろ書いてますよ。SFとか時代ものとか。映画になったものもあります」

「本当ですか! なんていう小説なんです?」

「えーと、『天地明察』という作品があって……」

「知ってます! それ、岡田(准一)君が出てたやつでしょ!」

そしてこの会話がきっかけで、その日から私の房内での通称は――やがては留置場全体での呼ばれ方は――なんと、「先生」になったのでした。

担当弁護士に聞く
冲方事件の疑問

その1

Q 冲方さんからの突然の弁護依頼を、弁護士としてどのように受け止めましたか？

A 同房者の紹介で弁護の依頼を受けるケースは少なくありません。その意味では今回も、とくに変わったケースというわけではありませんでした。その日のうちに渋谷警察署へ面会に行って彼の話を聞きました。

弁護士はまず、依頼人の話を1から10まで聞くことから始めます。その時点では冲方さん逮捕の報道もまだ出ていませんから、本人の話以外に情報源はありません。偏見や先入観を持たず、話を聞くことに徹します。有罪か無罪か、という判断はしません。

弁護士の仕事は真実を発見することではなく、あくまで本人の言いぶんに基づいて、最良の結果を出すことです。もちろん本人の話に疑問や矛盾点があれば、それが解消されるまで、質問を繰り返します。弁護士にも説明がつかないような話では、弁護のしようがないからです。もっとも、本人の言いぶんに委ねざるを得ない部分が多いため、弁護士が騙されてしまうケースも珍しくないのですが。（小松）

[取材協力]
高野隆法律事務所 小松圭介弁護士（その1、2、4、6、9）
早稲田リーガルコモンズ法律事務所 水橋孝徳弁護士（その3、5、7、8、10、11）

第2章 ハズレの検事

拷問のような日本の留置場

逮捕2日目を迎えてもなお、これがわが身に降りかかった現実であるとは、にわかに信じがたいものがありました。

当然といえば当然ですが、留置置で迎える朝は新鮮でした。

起床後にまず行われるのは点呼。呼ばれる番号に返事をするだけの簡単な作業を終えると、洗顔や歯磨きをするために、順に廊下に出されます。このほか、布団部屋に布団をしまいに行く房、室内の掃除をする房など、房単位で指示が出されます。朝のうちにやるべきことを短時間でこなすよう、急かされながら動かなければならないので、起床直後であっても眠気など感じている暇はありません。

この際、掃除機と雑巾とバケツが支給されるのですが、雑巾とバケツはトイレ掃除をするためのもの。4人のうち誰が掃除を担当するのかというと、ここでもそれぞれが「今日は俺がやります」と率先して動くのが常で、とても何かの罪を疑われてしょっぴかれた人たちとは思えないほど秩序的です。

誰しも好んでトイレ掃除を担当しているわけではなく、これは房内の空気をなるべく悪くしないようにという「ベテラン」ならではのスタンスでした。ただでさえ窮屈で居心地の悪いこの空間。このうえ人間関係で揉めるなどして空気を壊すほうが損であると、よく理解しているようでした。

たまに、いかにもヤンキー然とした態度の悪い若者が入ってきたりすると、秩序を乱されないよう、「こいつ、替えてください」と警官に申し出る房もありました。こうした要望に、意外と警官側がすんなり応じていたのは、放置していると房内でのリンチなどにつながりかねないから、なのだそう。

ともあれそんな世界ですから、生まれて初めて留置場で1日を過ごしてみて、数えきれないほどの発見が得られたわけです。

とりわけ印象的だったのは、ここが過剰なほど「安全」に配慮した空間であるということです。といってもそれは、私たちの身を案じてのことではありません。被疑者の自殺は、警察署全体の失態となるため、なんとしても防がねばならないからです。

工夫は随所に見られます。たとえばトイレの扉を見れば、上部が斜めにカットされた独特の形状をしていますが、これは首をつろうとしてロープをかけても、滑って引っかからないようにするためです（もっとも、ロープ自体がまず持ち込み不可能なのですが）。同様の理由により、ドアノブもありません。

トイレの使用に際しては、「官ちり」と呼ばれるお尻を拭くためのちり紙が支給されるものの、これはごくわずか、必要最小限以下の量しかもらえず、非常に不便な思いをしました。

なぜなら、たとえちり紙であっても、まとめてのどに詰め込めば窒息死することができるからだそうです。このご時世に和式便器が採用されているのも、洋式便器では顔を突っ込めば溺死できる可能性があるからだと、同房の方から教えられました。

なぜ、そこまで徹底して自殺防止策が採られているのかといえば、要は、それだけ被疑者をいじめ抜き、精神的に追い込んでいるという自覚が、警察側にあるからです。

たとえば夜間は、就寝中であるにもかかわらず照明を一切消してくれません。ひと晩中、蛍光灯に煌々と照らされながら眠らねばならないというのは、途方もない拷問的な効果があります。如実に体力を奪われ、思考が鈍り、ひどくなると不眠症のような状態になります。

室内を暗くすると監視の目が行き届かなくなる、というのが表向きの理由ですが、これも明らかに被疑者を責めるための手法でした。眩しくて眠れないからと目を手でおおったり、アイマスク代わりにタオルをかぶせたりしようものなら、すぐさま「何をやってるんだ!」と警察官がすっ飛んできます。

そこで「いや、眩しくて眠れないので……」などと言い訳をすると、反抗的な態度を取ったと見なされ、布団を没収されて床で寝ることになります。最悪の場合、懲罰房に連れていかれ、ぐるぐる巻きにして閉じ込められかねません。

おそらく、世界各国の類似施設と比較しても、日本の留置場は、非常に特異で過酷な環境といえるでしょう。「生かさず殺さず」とはよくいったもので、決して被疑者の体に目に見える傷跡を残さないよう配慮された、洗練された拷問がまかりとおっているのです。

これも日本が誇るおもてなし文化の、ある種の極致とすらいえるかもしれません。私が拘束されていた期間、留置場には酔っぱらって喧嘩をしたせいで留置された外国人観光客が何人かいましたが、彼らは口をそろえて、「こんな体験は初めて。二度と日本には来ない」と言っていました。

また、同房のイラン人さんもよく、「日本の留置場は異常だ」とぼやいていました。彼は、これまでにオランダやタイなど5ヵ国の刑務所を経験しているとかで、ザ・刑務所評論家というような知識の持ち主でした。

彼いわく、「オランダが一番良かった」のだそうで、留置場の房は個室、ドアは開け閉め自由、庭を散歩することもできるし、おまけになんと、お願いすればプレイステーションを貸し出してくれたというのですから、ちょっとしたビジネスホテルのようです。

今私たちが置かれている場所とは大違いですが、「だって留置場ってさ、罪人がいるところじゃないんだよ？　まだ裁判もなにもしてないんだから」とイラン人さん。まったくもってそのとおりだとしか言いようがありません。

日本の留置場では、こうした劣悪かつ不便きわまりない環境で何日間も過ごすうちに、被疑者は深刻な睡眠不足に陥り、さらには栄養不足、運動不足、日光不足が重なり、みるみる抵抗力を失っていきます。

そのため服役経験者の中には、「さっさと起訴して有罪にしてほしい。そのほうが楽だ」とぼやく人もいたほど。つまり、留置場よりも刑務所のほうがまだ人権を尊重してもらえるので、まともに過ごせる、と言うのです。

刑務所では四人が刑期を果たすことが目的であるのに対し、留置場では警察が被疑者を「屈服」させ、「自白」させることが目的となっているのだと、あらためて痛感させられます。

罪の確定していない人、本当は無実の人なども含めて収容していることを踏まえれば、なんと常軌を逸した空間なのかと驚くばかりですが……。

一方で、事件報道などでしばしば、被害者は事前に相談に訪れていたのに、警察は動いてくれなかった——といった事態を耳にすることがあります。2016年5月にもアイドル活動をしていた女性の刺傷事件があり、警察の適切な対応が問われましたが（警察官は誰も問われたとすら思っていないでしょうが）、そうした局面で警察の腰がきわめて重い理由も、わかった気がしました。

おそらく、彼ら（警察）自身もよく理解しているのでしょう。自分たちがうかつに動いて被疑者を確保すれば、この強引なシステムによってひどい目に遭わせることになる、と。彼らの立場からすると、へたをすればそれは、後の被疑者からの報復行為にだってつながりかねません。しかも馬鹿馬鹿しいことに、警察には留置場に閉じ込めるほかに手段がないのです。

実際、イラン人さんからは、かつての被疑者からの報復行為で、刑事や刑務官の家族が殺されたという話をいくつか聞かされ、なんとも浮かばれない話だと思ったものです。きっとその家族は、なぜ自分たちがそれほどの恨みをぶつけられるのか、わからなかったに違いありません。刑事や刑務官が、日夜、自分たちがしていることを正直に家族に話すところが、まったく想像できないからです。

数珠つなぎにされ検察庁へ移動

さて、留置場生活2日目となるこの日——起床後、同房の皆さんから効率的な布団の畳み方などを細かく教わったりしつつ、逮捕から48時間が経ち、私は検察庁へ連れていかれました。

朝食後、身支度を整えて房内で待機していると、警察官が順に番号を呼びながら、該当者を外に連れ出します。

房から出されるとすぐに手錠をはめられ、被疑者は皆、ロープで数珠つなぎの状態にされます。これは万一の際に逃げだしにくくするための措置でしょう。手錠の中央に設えられていた大きな輪が、ロープを通すためのものであることも、このとき初めて知ったことでした。

人間が、家畜どころか物体のように扱われます。警察官は、「人権？　何それ、美味しいの？」という顔で粛々とこのロープごっこを行います。

そうして、3階の留置場から屋外へ出るためにエレベーターに押し込められるのですが、この際、私たちは全員、壁に向かって「コの字形」に整列させられることになります。

狭い空間ながら、一切の私語が許されない非常に厳格な雰囲気。このときにかぎらず、エレベーターという密室の中では、過剰にピリピリした空気になるのが常でした。なぜなら、私たちを護送する警察官にとって、これほどリスキーな空間はないからです。

つき添っている警察官の数は、いつもせいぜい4、5人程度。数珠つなぎの状態であるとはいえ、もしこの10人から20人ほどの被疑者がいっせいに振り返って攻撃を始めたら、彼らはひとたまりもないでしょう。

しかしそもそも警察官自身が、反撃を恐れねばならない状態にまで被疑者を追い詰めているのであり、秩序の維持という点では、いたずらに労力と出費を倍増させているだけのように思えます。動員する人数、用意される備品、建物に備え付けねばならないあれこれを考えると、この移送だけで必要以上の税金と労力が費やされていることが察せられるのです。

私たちはエレベーター内では壁に向かって立たされ、少しでもおかしな動きをすると、すぐに怒声が飛んできます。おちおち鼻もかけないのですから、ひどく窮屈な思いをさせられたものです。

何事もなく1階へ降りると、渋谷署の前につけられた検察庁行きの護送車に乗り込むことに。皆さんも時折、街中で見かけるのではないでしょうか。窓枠に金網が張られた、あのものものしいバスのことです。

護送車に乗り込む際は、ロープに触れないよう注意しなければなりません。10人以上の大人をつないでいる固いロープは、時に強い力で予期せぬ動きをします。うっかり腕などが触れると、摩擦でやけどのようになってしまうことがあるのです。

護送車は管区内の複数の警察署を順に回り、検察庁へ連行する被疑者を次々にピックアップしていきます。

たいていの場合、渋谷署が始発のようで、私たちが乗り込むときはいつも、まだ誰も乗車していない状態でした。おかげで全員そろって検察庁に到着するまで、かなり長い時間揺られる羽目になりますが、時計を与えられていないため、実際にはそれが何時間の道中であったのかは定かではありません。

なお、車内のシートに設えられたパイプは、ご丁寧に私たちをつないでいるロープを通す役割も果たしていました。移動中、私たちは数珠つなぎであるうえ、荷物のように車につながれ、立ち上がることすらできない状態に固定されるのです。

もちろん、車内では一切の私語は禁止。ここでもかなりピリピリしたムードに包まれます。脚を組んで座ってもダメ。待ち時間の長さも手伝い、これもまた非常に窮屈なひとときなのでした。動かせるのは視線だけとあって、なんとなく車内を見回してみると、顔ぶれが思いのほかグローバルなのがわかります。白人もいれば黒人もいるし、中国人とおぼしきアジア人も多数。

また、同じ日本人であっても、いかにも「そのスジ」らしき方もおり、見るからに「カタギ」な私は、車中でも留置場でもかなり浮いた存在であることが感じられました。

さらに余談になりますが、私たち被疑者を連ねているロープのお尻は、いかにも熟練した雰囲気の警官が、手際よくたぐり、あまった部分を綺麗にまとめて縛ります。まさに職人技といったおもむきで、昔から言われる「お縄を頂戴する」というのはこれか、と感心したものです。もっと機能的で安全な道具が沢山あるのに、わざわざ漁師かロッククライマーのようにロープをたぐる技を修得しなければいけないこと自体、警察組織というものの一面を物語っているようでした。

きっと、江戸時代あたりに開発された技術が、当時の体質と一緒くたになって、今も受け継がれているのでしょう。となると日本の警察というのは、400年ばかり変わらず続いてきた伝統的な組織ということになり、どこもかしこも古びて硬直化していて、時代にそぐわないことにもうなずけます。

検察の顔色をうかがう警官たちの「公僕」ぶり

さて、検察庁に到着すると、やはり数珠つなぎのまま車から降ろされ、庁内へと移動します。通路の途中に吹き抜けになったスペースがあり、一瞬、外から吹き込む風が頬をなでました。なんだか久しぶりに感じる外界の空気です。

このとき、物珍しさに周囲をキョロキョロと見回そうものなら、やっぱり警官から怒号が飛んできます。

「何を見てるんだ！　足元を見ろ！」

私たちには視界の自由すら与えられないようです。きっと、逃走経路の確認でもしているのではないかと疑っているのでしょう。

あるいは、なんらかの反社会組織に属する被疑者であれば、こうした外界とニアミスするタイミングで、仲間の襲撃があるかもしれないという懸念もありそう。とにかく、いつも以上に厳しく、口うるさい印象です。

そしてもうひとつ。警察や検察の仕組みを知るにつけ、警官たちがこれほど頑張って見せるのも、多分に検察に対するパフォーマンスの意味合いがあるようでした。

警察機構は検察庁の下に位置するわけではなく、独立した組織ですが、警察は「検察から言われているから」と、いちいち検察に気を遣っているところをアピールします。その様子は、まるでお上を恐れる役人のよう。検察の前で、いつもより3割増しで私たちを怒鳴りつけるのは、「俺たち、ちゃんと仕事してますよ!」という誇示行為にしか見えません。

自己主張をするチンパンジーが似たようなことをすると聞いたことがあります。このときの私たちが縄でつながれた猿回しの猿だとすれば、縄を持っているほうも猿山の猿ということになり、さしずめ検察庁は現代日本における『猿の惑星』といったところでしょうか。

そういえば、出発時に手錠をかけられた際、「検察からのお達しなので、(いつもより)きつめに締めますよ」と言われたのを思い出します。なんというか、見ているほうが大変残念な気分にさせられるような、「お上に従う公僕たち」という様子です。彼らも彼らなりに、ヒエラルキーに日々、ストレスを受けているんだろうな、としみじみ思わされたのでした。

さて、私たちはこの検察庁で、検事による取り調べを受けることになります。簡単にいえばこれは、警察が起こした調書を基に、あらためて被疑者を取り調べ、引き続き勾留する必要があるのかどうかを判断する場です。

つまり、逃亡や証拠隠滅の恐れがなく、在宅起訴でも問題なしと検察が判断し、それを裁判所が受理すれば、晴れて釈放もあり得るわけです。

私たちは手錠をされたまま、鉄格子で仕切られた文字どおりの「檻」にいったん収容されます。ひと部屋が6畳ほどの広さで、そこに12人ずつぎゅうぎゅう詰めに押し込まれ、座り心地の悪い固めのベンチに腰を下ろします。ベンチの奥には背の低い仕切り板とスイングドアだけで隔てられた便器があり、言ってしまえば〝トイレがひとつしかない公衆便所の中にみんなで閉じ込められている〟という状態です。

ここで、ひたすら自分の番号が呼ばれるのを待つこと、およそ6時間……。私語も禁じられていますから、とにかくつらい。これまた拷問で、ひたすら退屈とお尻の痛さとの戦いとなります。房にいた人々の大半が、「検察庁と裁判所で待っているときが最もつらい時間だ」と言うほどで、大混雑のディズニーランドで行列に並ぶ苦痛の比ではありません。あちらの不思議の世界とは違って、気を紛らわすものは何もなく、檻の外にいる警察官から威嚇され続けるのです。

いっそ寝てしまえばいいのでしょうが、昼寝をすると夜眠れなくなり、かえってつらくなるのは目に見えています。みんなそれがわかっているから、懸命に眠気をこらえながら、黙って自分の番を待っているようでした。

「このまま住むぞ、このヤロー!」

退屈をしのぐ道具は何もなく、できることといえば、ただ壁を見つめることのみ。あとは、遅々としたペースではありますが少しずつ人が減っていくため、そのたびに座る場所をずれることくらい。

長丁場であるため座り位置も重要で、端っこにいられるときは壁に寄りかかることができるのでまだ楽ですが、中央に進むと体を支えられるものがなくなるので、次第に腰が痛くなってきます。

警官は、「適度にトイレに行ったり、体を伸ばしたりするのは自由」とは言うものの、狭苦しい檻の中では、大きな動きなどできません。

唯一、トイレに行きたくなった場合だけは、片方の手錠を外してもらい、列から一時的な離脱を許されます。この際、外された側の手錠はそのままぶら下げておくことはなく、もう一方の腕に二重ではめられることになります。なぜなら、ぶら下がった手錠を振り回せば、ヌンチャクさながらの武器にもなるためです。

ところで、この取り調べによる検察の判断次第では釈放もあり得ると前述しましたが、私の場合、それはあまり期待できないだろうというのが弁護士の見解でした。今のところ罪を一切認めようとしていない私は、「分が悪い」ようです。

やってもいないことを「やりました」と言うわけにはいかないのは当然ですが、相手からすればそれは単に反抗的な態度にすぎず、「反省の色なし」と判断されてしまうというのです。弁護士の見立てでは、おそらくは10日間の勾留は避けられないだろう、とのこと。

そんな言葉に意外と絶望しなかったのは、疲労や睡眠不足によって、躁状態にあったためかもしれません。

全力で心を折りにくる相手に対し、少しでも弱気になることは命取り。あっという間に気分がふさぎ、一気に警察と検察に陥落され、やってもない罪を認めてしまうことにもなりかねないのです。

留置場ビギナーでありながら、なんとなく本能的にそう理解していた私は、むしろ〝なんだったらこのまま留置場に住んでやるぞ、このヤロー！〟と胸中で吠えることで、自らを鼓舞していました。今振り返っても、やはりちょっとした躁状態だったことがうかがえます。

やがて「渋谷署、27番」とお声がかかり、待ちに待った出番がやってきました。警察官がひとり近づいてきて、手錠をした私に腰縄を結び、そのロープを後ろから持ってついてきます。まるで猿回しの猿か、散歩に連れ出された犬のような扱いです。

警察官はここでもやはり、いつもより威圧的な口調で、

「まっすぐ歩け」

「そのドアをくぐれ」

「エレベーターに乗れ」

と、偉そうな態度を崩しません。しかし、建物内を歩く際に道を間違え、

「あ、すいません、左でした」

とうっかり敬語が出てしまい、どぎまぎする警察官に、私が気を遣って聞かなかったことにするという妙なひとコマがありました。彼らなりに頑張って高圧的な態度をとっているというのが、はっきりうかがえた瞬間で、「無理してるなあ」と妙に同情したものです。

そうして連れていかれた取り調べ室では、検事の正面に置かれたパイプ椅子に座らされました。傍らに書記の姿があります。警察官は引き続き私の後ろで腰縄を握り締めています。その従順な様子に思わず、〝もしも私がこの場で激昂し、検事に襲いかかるようなことがあったら、きっと彼の出世の道もたたれるのだろうなあ〟などという妄想が頭をよぎります。

とにかく検察庁内では一事が万事、そうした階級の壁を感じざるを得なかったのです。まったくもってなにもかもが、『猿の惑星』を彷彿とさせる場所でした。

国家権力に対する大いなる失望感

果たして、検事による取り調べは、端的に言って不調に終わりました。

おそらくは30代とおぼしき若い検事は、私の弁護士に言わせれば「ハズレ」の部類で、話は最後まで噛み合わず、終始、こちらが悪者であるという概念を崩そうとしません。

とにかく今回の件を事件として立件したがっている様子がありありで、突然脈絡もなく「君の発言には矛盾がある」などと言い出すわりに、その矛盾とやらがどこにあるのかは一切説明してくれません。

基本的に検事も警察も取り調べの手法はよく似ていて、こちらの細かな矛盾点を引き出そうと躍起になっている印象。揚げ足取りに熱心である、と言い換えてもいいでしょう。

たとえば、逮捕当日である8月22日、土曜日の朝、私が「（妻のいる）自宅に行きました」と供述すると、「朝、何時に話したの？」「連絡をしたのは何時？」と、普通ならいちいち覚えているわけのない時刻を正確に言わせようとします。

うろ覚えで適当な時刻を口にしようものなら、ちょっとしたほころびを鬼の首を取ったかのようにあげつらい、「おかしいじゃないか」となる。こうしたセコい手法を見るにつけ、国家権力に対して大きな失望感を覚えたものです。

ちなみにこれはのちに知った事情ですが、検事の側としては一度警察が被疑者を逮捕してしまった以上、不起訴処分を下すには大きな手間を要します。ましてこの件については、警察の先走りで大々的にマスコミにリークされてしまっているのですから、いまさら不起訴ではちょっと格好がつきません。彼らにはこの件を事件化しなければならない、明確なモチベーションがあったわけです。

それでも私が主張を変えることはなく、まったく歯車が嚙み合わない問答が繰り返されました。20分ほどの取り調べのあと、供述内容をまとめた調書が作られ、「内容に間違いなければ拇印を」とうながされ、ついすんなり従い、あっさり終了。

本当は拇印を押すべきではないと感じていましたし、巧妙に誘導されないよう、問答も最小限か、できれば黙秘すべきだったのでしょう。しかし、このときはまだ私も初の検察体験であったため、損をしてでも学ぶことを優先せねばならなかったのです。

その後は全員の取り調べが終わるまで、再び檻の中の固い椅子で待機し、渋谷署へ戻ったのはもう日没の頃でした。

弁護士の見立てのとおり、この日私が釈放されることはなく、検事は裁判所に10日間の勾留を請求したのでした。

担当弁護士に聞く
冲方事件の疑問

その2

Q 逮捕の翌日に検察官との面談がありますが、事案によっては早くもここで釈放される可能性もあったのでしょうか？

A 逮捕された被疑者は検察庁へ連れていかれるまでに、48時間、身柄を拘束されています。その間に、警察はできるかぎりの資料を集めて、被疑者の身柄と一緒に検察庁へ送ります。今回の冲方さんのケースでも、厚さとしては10センチ前後の書類の束が資料として用意されたものと推測しますが、それを検察官が読むのはせいぜい30分程度、被疑者と直接面談する時間も似たようなものでしょう。

ここでは家族との揉めごとであるということが大きく評価されがちで、「すぐに釈放して家庭に戻せば、家族を言いくるめたりして証拠を隠滅するかもしれない。10日間勾留して捜査を続けたい」と判断するのが一般的です。この時点で釈放される可能性は低いと考えていました。

とはいえ、検察官は被疑者を勾留したままのほうがなにかと捜査をしやすいですから、勾留を請求するのは立場上やむを得ません。裁判官はもう少しまともな判断をしてくれるかと思いましたが、安易に10日間の勾留を認めました。冲方さんは逃げも隠れもしない有名人であり、証拠隠滅などまったく考えようもないシチュエーションであるにもかかわらずです。これが「裁判所＝勾留状の自動販売機」と言われる実態なのです。（小松）

第3章 セルフ身代金

これは警察を利用した代理誘拐だ！

この不条理な留置場生活も、はや3日目に突入です。

先に述べたように、「冲方丁逮捕」の報は思っていた以上に大きなニュースとして流れたと聞きました。

たとえば、北海道に住んでいる私の母にしても、息子が逮捕された一報は、弁護士からの連絡よりも先にテレビのニュースで知ったそうです。さぞ驚いたことと思いますが、この時点では、突然自分が閉じ込められてしまった現状について、家族や仕事関係者にどう伝わっているのか、私には知るすべはありませんでした。

弁護士が付いたことで、間接的ながらもようやく母に連絡することができたことは第1章でも述べたとおり。弁護士は、私の母と電話で話した後、「いやあ、実に強い方ですね。息子さんが逮捕されたというのに非常に冷静で、まるで動じていない」と、いたく感心した様子でした。こちらとしても、ひとまず自分の無事を伝えることができたのは安心材料です。

同時に、担当編集者のひとりにも連絡を取ってもらい、簡単な状況報告と、今後の対応について話してもらいました。

いつここから出られるのかわからない以上、少なくとも直近に予定していた打ち合わせなどのアポイントは、いったんすべてキャンセルせざるを得ません。もし、このまま留置場での生活が長びくようなことになれば、現在抱えている締め切りもすべてお断りしなければならないでしょう。小説家にとっては、職業生命を左右されかねない厄介な状況です。

さて、検察庁での取り調べを受けた前日の8月24日、月曜日。案の定、私の言いぶんが検察に認められることはなく、すぐに釈放とはなりませんでした。

その結果を受けて、この日の夜に弁護士が面会にやってきました。正式に勾留が決まったからには、次の作戦を立てなければなりません。

どうやら今回の担当検事は、まともに話が通じるタイプではないというプロファイリングで弁護士と一致。こちらの言いぶんに聞く耳を持たないのは想定内でしたが、あたかも流れ作業のごとくこれを立件しようとする様子は、半ば思考停止状態に陥っているようにすら見えました。であれば今後は、身元引受人が明確に存在し、社会的立場からしても逃亡の恐れがなく、在宅起訴でも問題がないことを主張することで釈放に持ち込もうというのが主な方針でした。

また、弁護士はこのとき、開口一番こう報告してくれました。

「向こうにもようやく代理人が付きました。これでやっと、交渉のテーブルに着くことができますね」

ここでいう「向こう」というのは、私を訴えているという妻のこと。実は、これまでは妻が弁護士と契約していなかったため、代理人同士による話し合いすら行うことができなかったのです。

おかげで、なぜ私はこうして閉じ込められているのか、その詳しい事情もわからなければ、訴えを取り下げてもらうよう、逆に妻の側に訴えることもできずにいたのです。そのため、妻に代理人が付いたのというのはひとつの朗報といえましたが、その結果、かえって混迷を深めることにもなりました。

私を訴えることで、いったい何を得たいのか？　私の経済活動を破綻させたいのか、第三者が巧みに妻を誘導したのか、あるいは警察が勝手に暴走した結果なのか……。

どうやら、あらゆる要因がからみ合ってこの理不尽な状況を作り上げているようだ、というのが、このときの面会での結論でした。

というのも、とりわけ不可解であったのが、妻に付いた弁護士が送ってきた書類で、

「私は夫を訴えていません」

という一文から始まっているのです。

じゃあ誰だよ、と思わず叫びたくなるのが人情でしょう。私は本格的に、「不思議の国」にさまよい込んだような気分にさせられたものでした。

本来、被害者が訴えを取り下げたのであれば、警察・検察は被疑者を即日釈放するはず。し

かし実際には、「訴えていません」と逮捕の大前提が否定されたにもかかわらず、訴えそのものは今なお存在しているからこそ、私はこうして拘束され続けている——と考えられる、と弁護士は言うのです。

推測に推測が重なるばかりで、とにかく、わけがわかりません。ならば、誰が私を訴えたというのでしょう?

支離滅裂かつ摩訶不思議な状況ですが、いずれにしても、訴えを取り下げてもらうことが、釈放への近道であるのは間違いありません。

弁護士によれば、そこで重要になるのが金銭だといいます。なぜなら、こうした法律ゲームにおいては、お金を払ったという事実こそが、互いが和解に合意した証拠になるからです。

なんと不条理なことかと私は憤りましたが、弁護士は「早期に釈放されるためにはしかたがない」と言います。そういうものと割り切るしかないのだそうです。ところが、向こうが求めているという金額を聞いて、私は思わず飛び上がりました。

「3000万円です」

一方的に人を閉じ込めておいて、「出してほしければ3000万円を払え」と言われているのです。もはや、警察と結託した代理誘拐です。しかも誘拐された本人に払わせようとしており、この和解金はいわば、「セルフ身代金」なのでした。

さすがの私も、これには瞬間的に沸騰していました。

「馬鹿げてる。こうなったら、とことんやってやりましょう。戦争です、戦争!」

そう声を荒らげてしまいました。しかし、心のどこかに冷静な自分もちゃんといて、

「……と、私は言っていますけど、冷静な弁護士として、私に適切な意見をください」

と付け加えることも忘れませんでした。

そんな私の様子を見て、弁護士は安心したように大笑いしていました。

怒りに任せた行動に出れば、いっそう事態はこじれ、状況が悪化するのは目に見えています。どうやら、ここから抜け出すためには、普通の和解とは根本的に異なる、また別の手立てを考える必要があるようです……。

刑務所経験者には読書好きが多い

さて、話は戻って8月25日、火曜日の朝。この日、留置場へ来てから初めての入浴を経験しました。

留置場では基本的に朝風呂。流れ作業のように短時間で次々に風呂場へ移動させられ、ぱぱっと頭や体を洗うだけの粗末な入浴です。

ここで、昨日配布された新聞が影響し、風呂場に居合わせた他の房の人たちからも、口々に「先生」と呼ばれることになりました。

本来、留置場内に持ち込まれる新聞は、なかにいる被疑者に関連する部分を黒く塗りつぶすのが一般的。ところが、そうした作業が間に合わなかったのか、それとも警察側のうっかりミ

スなのか、冲方丁逮捕のニュースは隠されることなくそのまま留置場の中でも読むことができたのです。

隣で体を洗っていた、背中に立派な「絵」を背負った男性までが、「先生、大丈夫ですか。そっち狭くないですか？」「先生、シャワー使いますか？」などと気を遣ってくれます。

こうした留置場や刑務所経験者には、実は読書家が多いというのが私の実感。それというのも、留置場や刑務所には「官本」という貸出図書が用意されており、普段はとても活字など読みそうにない人でも、暇つぶしに次々に手に取るのが常でした。

とりわけ渋谷署の官本の中には、私の著書『天地明察』について触れられている養老孟司《ようろうたけし》さんの著作があったため、なおさら私の正体は拡散しやすかったようです。彼らが基本的に話題に飢えていることも、それに拍車をかけたでしょう。

不思議なもので、こうして皆が私の名前と職業を知っている状況は、決して居心地の悪いものではありませんでした。むしろ、相手が自分を知ってくれていることが会話のフックとなり、「先生、留置場って本当にひでえところでしょう？　ぜひこの実態をどこかで書いてくださいよ」と、冗談めかした雑談に花を咲かせることもしばしば。

そこには、〝自分のことを公正に見てほしい〟という、願望が滲んでいるようにも思えました。今は事情があってここに押し込められているけれど、作家という人種であれば自分の本来の人間性を見てくれるのではないか、そんな期待を感じさせるのです。

つまりはそれだけ、取り調べやその他でアンフェアな視点にさらされ続けていることの裏返しなのではないでしょうか。

ともあれ、こうしてさまざまな人たちと雑談することにより、私もこの留置場生活に必要な多くの情報にありつくことができたのですから、作家という肩書が思いがけない場所で生きるものだと実感させられました。

この日、私は裁判所に連れていかれ、勾留の決定を告げられることになりますが、その前後にも、署内で取り調べを受けています。こうした「イベント」は、何もせずに房の中にいるよりも楽だと感じる一方で、聴取を担当する刑事がどのような罠を張ってくるかわからないという警戒感を覚えます。

まして疲労と睡眠不足によって、こちらの判断力は著しく低下しています。うかつな供述をしようものなら、一気に状況が不利になる調書を取られてしまうでしょう。取り調べの前は、試合におもむくアスリートのような気合いが必要です。

ところが、裁判所の決定とは裏腹に、取り調べが始まってすぐ、担当の刑事の態度がいつもと少し違っていることに気がつきました。それまでの高圧的な雰囲気が、なんとなく薄らいでいると思えるのです。それどころか、見ようによってはどこか自信がなさそうな表情を浮かべているようでもあります。

取り調べが進むなかで、その理由に思い当たりました。

なにしろ私が見せられたとおり、弁護士の間ではあれほどわけのわからない書類がやりとりされているのです。被害者であるはずの妻が「私は訴えていません」などと言い出したのですから、警察側としても〝これは民事の案件のために利用されたのかもしれない……〟という思いがチラついたとしても不思議ではありません。

民事の案件というのは、これが単なる夫婦間の揉め事であり、喧嘩がエスカレートして警察を利用しただけだったり、もしくは夫や妻が、いつか離婚する可能性に備えて、自分に有利な証拠を残そうとしているだけだったりする、ということです。いずれにせよ、そもそも犯罪行為は介在していない可能性を示しています。

警察も素人ではありません。今回の一件が、〝妻がいつか私と離婚する際、自分が有利になるためにでっちあげた〟という可能性が脳裏をよぎっていたのでしょう。もしそうだとしたら、大々的に報道した挙げ句、私を連日、留置場に閉じ込めてきたことすべてが、大問題となりかねません。

実際、この日の取り調べの最中、刑事がぽろりとこぼしたセリフに、内心の焦りを見てとることができました。

「今回の件、俺たちが勝手にやったわけじゃないからね」

一瞬、耳を疑いましたが、私はすぐに「どういう意味ですか?」と問いただしにかかります。しかし、向こうもうかつに言質を取らせません。こういう、会話を平行線にする技術というか、情報を秘匿し続ける刑事ならではの話術は、大したものでした。そのままいつもどおりの取り調べが行われ、こちらもいつもどおりの供述を繰り返しました。もちろん、逮捕当日からこの日まで、私の主張は1ミリたりとも変化していません。

いつもと違ったことといえば、途中から私の話ではなく、突然、「君の奥さん、どんな人?」などという雑談的な質問を織り交ぜてきたことでしょうか。そうした言動は、自分たちの不利になるような調書をつくらないよう、話をそらしているようでもありました。

そこで、「警察って、自分たちに不利な調書は取らないんですね」と皮肉を言ってみたら、「そう見えるのか?」とすごまれました。絵に描いたような逆ギレですが、こちらも負けてはいられません。

「これだけ言ってもわかってもらえないのであれば、虚偽告訴や国家賠償請求で、警察と妻をまとめて訴え返すしかありませんよ」

これは弁護士の受け売りでしたが、大いに効果があったようです。ポーカーフェイスを保とうとする刑事が、どこかたじろいだようになりました。

これは勝てる。私はそう確信し、内心で溜飲の下がる思いがしたものです。

恐るべき警察の隠滅工作

この日の取り調べで私は、はっきりと「潮目」が変わったことを感じました。なにしろ、刑事の表情がそれまでとはがらりと違っていたのです。

思えば、私がここに連れてこられた当日は、視界に映るすべての刑事がウキウキとした雰囲気に包まれていました。皆の表情が、まるで大きな手柄でも立てたかのように明るく、まさしく意気揚々といった様子だったのです。なかにはリズミカルに指をパッチンパッチン鳴らしているご機嫌な刑事までいたのに、今は誰もがお通夜の席のように硬い表情をしています。

こうした空気を追い風と感じたわけではありませんが、自分の潔白を主張しようとしたあまり、実は、ここで大変な失敗を犯してしまったのです。マンションのエントランスが撮影されている

「マンションの防犯カメラを調べてくださいよ。マンションのエントランスが撮影されているはずですから」

取り調べのなかで、無実を証明するための証拠の在りかを刑事に明かしてしまったのです。しかしこれは、後に弁護士から「なぜ先に私に言ってくれなかったのか」と怒られてしまい、大失態であることを私は痛感します。

前述の「訴え返すしかありません」という私の言葉は、警察側にとって最も恐れるべき事態のひとつであり、彼らとしてはDVがなかった証拠を突きつけられるのは、考え得るかぎり最悪の状況です。

警察はこの日の取り調べを終えると、すぐさま私の仕事場があるマンションに向かい、こちらの弁護士よりも先に、監視カメラのデータを押収したことが後に判明しています。

警察が事件の真相究明に関わる証拠を集めるのは、当然のことと思われるでしょう。しかし、警察のこの行動は私の無実を証明するためではなく、その証拠を使って私が無実を証明できないようにする、隠蔽工作のようなものとなる可能性があるのです。

にわかには信じがたい話ですが、確保した証拠が自分たちにとって不利に働くのであれば、

わざわざ持ち出す必要がないのも法廷戦術のひとつ。警察としては、「映像をチェックしたけど、角度が悪くてよくわからなかった」とでも言えば、どちらの証拠にもなりません。逆に私としては、重要なカードをひとつ失ってしまったことになるのです。

勝てると思った矢先、私はこうした法律ゲームに不慣れであったがために、「警察は信頼できる組織である」という思い込みから脱することができず、取り返しのつかない失点を犯してしまったのです。

北海道からやって来た母と面会

この日、2度目の取り調べの後、母親が接見にやってきました。弁護士以外では初の面会者です。一瞬、どういう表情で臨めばいいのか迷いましたが、とにかく元気な顔を見せて安心させてやりたい一心で面会ブースへ行くと、母は私の顔を見るなりこう言いました。

「あんたって、有名人なの?」

いわく、ニュース番組における今回の一件の扱いの大きさに、かなり面食らったのだそう。

しかし、当の私はそのニュースを見られないわけですから、なんとも答えようがありません。

むしろ、マスコミが騒いでいるということ自体が、現実離れして聞こえます。事件としてはまだなにも確定していない状態であるはずなのに、いったいなにをニュースとして流すことがあるのでしょうか。

ともあれ、私としては少しでも母を安心させてやりたいわけですから、「映画みたいだな」と笑い、終始、「大丈夫、なにもやっていないんだから、すぐに出られるよ」という態度を崩しませんでした。

一方の母も、口にこそ出しませんでしたが、〝白だろうが黒だろうが、守ってやるから安心しなさい〟という意思を、態度で伝えてくれました。

房の人たちがしきりに家族に会いたがる意味が、このとき初めて理解できた気がします。自分を信じてくれる人、支えてくれる人の存在というのは、この孤独な環境においてなによりも心強いものなのです。

必ず勝ってやる。この馬鹿げた事態を乗り越えてやる。母の顔を見ながら強くそう思ったのを覚えています。

母との接見が終わる頃には、その前の取り調べが少し長引いた影響もあり、すでに夕飯の時刻を過ぎていました。その場合は別室で食事をすることになります。

傍らではひとりの警察官が見張り役として立っています。母との接見中も隣に立っていた警察官です。無言でいるのも不自然に思えたので、その日の取り調べで話したことなどを中心に、ずっと雑談をしていました。そして最後に、私は彼にこう言いました。

「今は留置者ですけど、もう少ししたらここを出ることになると思うので、よろしくお願いします」

担当弁護士に聞く
冲方事件の疑問

その3

Q 警察がマスコミに逮捕情報を積極的にリークすることは、認められる行為なのでしょうか？

A 頻繁に行われていることです。それ自体は違法ではありません。

警察署はマスコミを相手に、「〇〇を逮捕しました」「こういう事件が発生しています」といった情報を流し、“記者レク”と呼ばれるレクチャーを行う慣例があります。

マスコミと蜜月の関係を維持する警察側のメリットは、できるだけ大きく報じてもらうことによって、市民のために頑張っている機関であるという広報活動につながることがひとつ。今回のように被疑者が著名人であったり、DVという世間の耳目を集めやすい事件であったりすれば、なおさらでしょう。

もうひとつは、警察の判断が正しいものであると思わせるような、自分たちの側に寄った報道をしてもらうこと。事実、誰かが逮捕された時点で、その人が「悪いこと」をしたと考える人がほとんどだと思います。本当は無罪推定の原則があるのに、警察発表にはこれを覆す力があるのが実態です。

案件によっては、私たち弁護人からマスコミへの情報公開を控えるように要請することもあります。依頼者の属性によって時に配慮を得られることもありますが、多くの場合、国民の「知る権利」という大義名分を盾に、聞き入れてもらえません。（水橋）

第4章 裁判官はハンコ屋

「逮捕＝手柄」という間違った認識

勾留2日目となる8月26日、水曜日。留置場内での私の呼び名は、すっかり「先生」で定着していました。

こうして作家としての素性を知られることには、実はちょっとしたメリットを感じていました。作家という、一般的には物珍しい職業に就いていることが会話の取っかかりとなり、留置場内での生活が多少なりとも楽になるのです。

こうした閉鎖空間での集団生活において、やはりコミュニケーションは重要です。どんなに他愛のない雑談でも、ひと言でも話せば雰囲気が和らぐもの。その意味で、コミュニケーションの苦手な人は、ここでは嫌われる傾向がありました。

相手の話を全然聞かない人。

突然まったく関係ない話をし始める人。

あるいは、他人の迷惑を顧みずに、トイレを汚く使ってビチャビチャにしてしまうマナーの悪い人。

こうした協調性に欠ける人というのは、あっという間に村八分の状態に追いやられてしまいます。

意外に思われるかもしれませんが、留置場にいる人の大半は礼儀正しく、物腰柔らかな好人物ばかり。ひとたび「スイッチ」が入ればとんでもない強面に変身する人もいるのでしょうが、場内では極力そうした顔を見せないように配慮しているようでした。

そうしなければこの不便で窮屈な生活が、いっそう居心地の悪いものになってしまうことを理解しているのでしょう。

少しずつ留置場での生活に慣れつつあった私ですが、いまだになぜ自分がこうして閉じ込められなければならないのか、釈然としていません。

毎日の不便きわまりない生活と、理不尽な取り調べのなかで私は、警察機構の本質を、身をもって知ることとなりました。結局、戦前に設置された特高警察の時代から——あるいは関東に江戸という大都市が築かれてから——この地の治安を守る人々の基本的な体質はまるで変わっていないのでしょう。

元凶のひとつは、「逮捕＝手柄」という構図にあるのではないでしょうか。

仕組み上、警察というのは逮捕以上の手柄を立てることができません。逮捕以降のフローは、検察庁や裁判所の仕事になるからです。そのため警察は、疑わしき人物を逮捕することに躍起になり、時にこうして無実の人間を閉じ込めてしまうことになるわけです。

本来であれば、「逮捕＝手柄」ではなく、「逮捕＝一時的措置」でなければならないはず。逮捕されることがすなわち有罪であるというイメージが社会に浸透してしまっているのも、その前提が間違っているためでしょう。

これは裁判を無視した間違った認識です。有罪なのか無罪なのかは、逮捕の後に審議されることです。

こうした間違ったイメージを拡散させているのは、間違いなく警察自身です。それは、「逮捕＝手柄」と誤認し、今回の私のケースのように自らマスコミに情報をリークして、プロパガンダに活用していることからしても明らかです。

そしてマスコミも、さらには私のようなエンターテインメントを生業とする者も、そのイメージの拡散に協力してしまっているのです。

逮捕には、罪を裁く以前に、特定の人間の経済力を奪うという効果があります。

これは実は、治安維持における妙手であり、たとえば公安警察は、裁くためにターゲットを逮捕するのではなく、監視して拘束し、経済力を低下させることで活動能力を奪う手法に重きを置いている側面があります。まさに現代の「兵糧攻め」です。

権力に逆らう者を、法律を用いて裁くのではなく、閉じ込めて衰弱させる。留置場とは、まさしくそんな場所なのです。

そして、一度拘束された被疑者には、「どうして？」「なぜ自分が？」といった疑問を口にすることすら、一切許されません。あまりにも前時代的なあり方で、それが国民のためになると本気で考えている人たちこそ、どんな犯罪者よりも、恐ろしい存在だと思わされたものです。

「勾留決定」に関わる裁判官の実態

さて、前日の8月25日に裁判所へ連れていかれて面談を受けたことは、前章でも少しだけ触れました。

検察庁に連れていかれたときと同様に、多くの被疑者と数珠つなぎにされ、バスで裁判所へ運ばれるのですが、裁判所の待機所も、検察庁の檻と似たり寄ったりのつらい空間でした。私語厳禁、手錠はかけられっぱなし、トイレは丸見え――被疑者たちは、ずらりと並んだ硬い固定式の椅子に座らされ、ひたすら苦痛に満ちた時間に耐えるのです。

裁判官との面談でも、やはり私はこれまでと一切主張を変えませんでした。

これまでさんざん警察や検察に主張してきたとおり、私は「やっていません」を繰り返すのみ。これが向こうからすれば「反省の色なし」との心証になるのでしょうが、これは後で弁護士にも褒められた大切なポイントでした。

弁護士に言わせると、こうして供述内容を最初から最後まで一切変えていない事実は、実は大変有効な手なのだそうです。

手荒な尋問に根負けし、うっかり言いぶんを翻そうものなら、弁護士も途中で対応の変更を迫られます。逆に、私が主張を変えなければ、弁護士は終始一貫した方針で臨むことができ、作戦も立てやすくなるわけです。

とはいえ、裁判官は尋問などせず、「こちら（逮捕状の内容）を認めないのですか?」と尋ね、私が「はい」と答えると、裁判官は「けっこうです」と言って、おしまいでした。

裁判官は私の言葉を、たったのひと言しか聞いていません。まさに「ハンコ屋」です。書類にハンコを押し、ベルトコンベアー式に処理する事務員のようでした。

それが、勾留の決定に関わる裁判官の実態であり、「ユダヤ人を収容所に送り込んだナチスの事務官も、こんなふうに書類を処理したんだろうな」と思わされ、ぞっとしたものです。

そして半ば予想したとおり、このタイミングでの釈放は叶いませんでしたが、私はむしろ、「こうなったら腹を据えて、徹底的に戦うしかない」と闘志を燃やしたのでした。

家族に対する複雑な思い

一方で、この頃から私の中では、家族に対しての、いろいろな思いが去来するようになっていました。

正直なところ、妻に対する愛情は、3000万円の要求を知った瞬間、完全に霧散していきます。ただ、子どもに対する愛情はやはり別物です。これは今後も生傷のように私の精神に残り続けることになるのですが、私と妻の間に勃発したこの問題が解決しないかぎり、子どもの将来にも無用な影響を与え続けることになります。

だから、必要な治療と割り切って戦う必要がありました。これは外科手術のようなものであり、問題を取り除いて、家族それぞれがこの問題に悩まされることなく日常生活をおくれるよう最大限の努力をしなければならない、と。そのためにこの「不可解なゲーム」を、なんとしても乗り切ることに全力を尽くそう、そう思っていました。

なお、この状態をゲームとして割り切った場合、いくつもの「戦略」が必要となります。

同房の方々にはこうしたゲームに慣れた人も多く、たとえば同房のイラン人さんからは、「とにかく今は下手に出ろ」との助言をもらいました。

現状では、妻は何に対して怒りを覚え、私をこのような状況に追い込んでいるのか、まったくわかりません。

まずはその原因を知らなければ対策の立てようもありませんから、「とりあえず謝っておいたほうが得策だ」と言うのです。これは非常に忍耐力が必要である反面、なかなか理にかなった戦略だと感心もさせられました。

怒っている人というのは、謝られると自分の意図を話し始めるもの。怒りは説明したい欲求とセットの衝動でもあるため、こちらが素直に白旗を揚げて見せれば、あとは黙っていても勝手に胸の内をぺらぺらとしゃべり始めるだろう、というわけです。

イラン人さんは、「『ごめんなさい』や『反省してます』といった言葉は、もし法廷で争うことになった場合、あとから『そんなことを言った覚えはない』とひっくり返せばいい」とまで言います。

道義的には非常に抵抗を覚えますが、法律ゲームを戦ううえでは、確かに実践的な戦略だと思わされました。

もっとも、この作戦を「妻に連絡を取って、こちらが反省している旨を伝えてほしい」と母に託そうとしたところ、「冗談じゃないわよ。私が怒鳴っちゃうに決まってるじゃない」とすげなく断られてしまったのですが。

接見にやって来た編集者たち

この日は、KADOKAWAの編集者3人が接見に来てくれました。

これは事前に携帯電話の「宅下げ」を弁護士に依頼し、連絡を取ってほしい人をリストアップして伝えてあったために実現したものです。

「なんだか、映画のワンシーンみたいですね」

アクリル板越しの再会に、そう言って笑う一行。15分間の面会はとても和やかなムードで行われました。

とりわけ『天地明察』の担当でもある編集A氏は、ほかの出版社やアニメ関係者とも広く面識を持ち、必要な関係者に一手に連絡を取ってもらえるありがたい立場の方でした。すぐにA氏には、ひととおりの関係者に事情と状況を伝えてもらうようリクエスト。

なおA氏によれば、私の逮捕後すぐに、「冲方サミット」の出版・アニメチームの担当の皆さんを緊急招集し、今後の対応について協議してくれたそうで、すでに連絡網はできあがっている様子。また、この件をニュースで見たKADOKAWAの角川歴彦《かどかわつぐひこ》会長は、社内の幹部会議で「君たちは何をやっているんだ。編集者が作家を守らなくてどうする」と、その場にいた全員を一喝したとも聞きました。

——知らないところでこうした動きがあったと聞き、ようやく、味方ができたような安心感を覚えたものです。自分は決してひとりで戦っていたのではなかったのです。逆に私としても、多大な心配をおかけした関係者の皆さんを、まずは安心させなければなりません。

「今はこんな状況ですけど、こちらはひとまず大丈夫なので、あまり心配しないでください。けっこう大きく報じられてしまったようなのでマスコミ対策が大変でしょうけど、まあここを出たら信頼回復に努めます。……というか、そもそも信頼を損なうようなことはなにもしていないつもりですから」

そう告げると、3人の編集者はホッとしたように頬をゆるめました。

「○○先生や××先生も、冲方さんがこのあとどうなってしまうのか、非常に心配しておられましたよ」

「ありがたいですね。でも、作家として〝いいネタがもらえた〟くらいにしか思っていないのでご安心を、とお伝えください」

これは本心でもあり、強がりでもありました。傍らには立会いの警察官が立っていますから、私としては弱気なところを見せてなるものか、という気持ちがあったのです。

留置場内でもこっそりお仕事

「ところで、留置場の中でも仕事って、できるんですか?」

そう切り出したのは編集のA氏。

「ちなみに、どんな仕事ですか?」

「ええと、連載の締め切りなどもありますけど、さしあたっては先日ご依頼した『野性時代』の企画で……」

A氏はそう言うと、手元のクリアファイルをこちらに見せながら続けます。『野性時代』とはKADOKAWAが発行する月刊文芸誌です。

「『〇〇先生への100の質問』という企画、100問のうち10問を冲方さんに考えていただくことになっていましたけど、できます?」

「ああ、そのくらいなら大丈夫ですよ」

と、私が返事をしたところで、傍らの警察官から「チッ」と舌打ちが飛んできました。留置場内では基本的に、弁護士とのやりとりを記録すること以外の事務作業は許されません。支給されているペンとノートは、それ以外の用途に使ってはいけない決まりなのです。

KADOKAWAの3人が帰ったあと、先ほどの舌打ち警官に「てめえ、仕事なんてしたら筆記用具を没収するからな」と睨まれたので、この『野性時代』の作業は頭の中でやり、後日、弁護士経由で口述で伝えてもらうことにしました。

さすがにこの環境で小説を書くのは困難ですが、この翌日には早川書房の編集S氏が、やはり面会にやってくるなり、ゲラを「差し入れ」として置いていきました。

これは他の作家が書いたある作品のノベライズで、私が最終チェックを行わなければならないものでした。実態はゲラチェックという仕事であっても、形としては読書にすぎませんから、これは警官も文句を言うわけにもいかず、留置場内でも無理なくこなすことができました。

なお、接見時間は15分間と決められていますが、たとえば途中で留置場内での生活について話そうものなら、悪質な情報交換とみなされ、ただちに接見は中止されてしまいます。管理する側からすると、留置場内の情報が外部に漏れることは、脱出や襲撃につながるリスクがあるためです。

もしも私が、うっかり「いやあ見てください。中では『留QLO』って書かれたジャージを着せられてるんですよ」などと口走ろうものなら、その場で接見はシャットアウトされてしまうでしょう。

個人的には、そんな些細なことに気を配るよりも、拷問めいた待遇を廃止したほうが、よほどリスクヘッジになると、つくづく思うのですが。

なお、KADOKAWAの3人との面会を経た後のタイミングで、「冲方サミット」のツイッターにスタッフの声明文が発表されています。この時点では、事実関係の確認を待って続報する旨を述べただけの短い書き込みでしたが、これは弁護士の指示に従ってスタッフに記入をお願いしたものでした。

その指示とは、「最低限の文字量で簡潔にまとめること」というもの。なぜなら、迂闊に感情を込めて長々書いてしまうと、どうしても揚げ足を取られやすくなるためだとか。

逮捕の報道が思わぬ宣伝効果に？

ともあれ、仕事面でのさまざまな心配事が解消されたのは、私にとって非常に大きなことでした。内心ではずっと、手がけたアニメ作品が無事に放映できるのか、近く発売が予定されている本やＤＶＤはどうなってしまうのか、あらゆる方面に懸念がありました。

とくにアニメに関しては、こうしたスキャンダルをスポンサー筋は最も嫌うはず。起訴、不起訴にかかわらず、企画が頓挫してしまう可能性は十分にありました。はっきりいって、冲方丁という作家にダメージを与えるには、これ以上ないほど絶妙なタイミングでの逮捕だったのです。

結果的に、締め切りをひとつも落とすことなく、あらゆる作品を予定どおり世に送り出すことができたのは、関係者の尽力と協力のおかげだと、今でも感謝は尽きません。

むしろ仕事に穴を開けるどころか、逮捕の近い時期に文庫化された『光圀伝』と『もらい泣き』などは、いずれも好調なセールスとなり、版を重ねたことがのちに判明します。

たとえ逮捕の報道であっても、メディアに露出するということの宣伝効果を知り、ちょっと複雑な気持ちになったものです。

担当弁護士に聞く
冲方事件の疑問

その4

Q 警察の取り調べを受けるにあたり、冲方さんにどのようなアドバイスを送りましたか?

A 最初に面会したときに、取り調べで警察官が作る供述調書については、内容に納得がいかなければサインをする必要はない、というアドバイスをしました。

私たち弁護士が、逮捕勾留されている人に「供述調書にはサインをしてはいけない」とアドバイスすることはよくあることです。独特の言い回しで書かれた供述調書は、一見問題がないように見えても、実はこちらに不利な内容が書かれている場合がよくあるためです。また、捜査機関に対して不必要な情報を与えないために、黙秘を勧めることも少なくありません。

ただ、冲方さんについては、文章を精査する作業に慣れているでしょうから、供述調書にサインしないことについては強くは言っていません。「問題なさそうだったのでサインしました」とか「徹底的に直しました」とか、毎回報告を受けていましたし、あまり心配することもありませんでした。(小松)

第5章

最悪の事態

起床直後から始まるマウンティング

留置場というのは被疑者を屈服させることを目的とする場であると、以前にも述べました。房内の生活では、そのためのマウンティング行為が、早くも起床時から始まります。

まず朝の点呼の際、私たち被疑者は鉄格子に向かってあぐらをかいて座らされ、両の手のひらを表にして、警察官のチェックを待たなければなりません。まさに絶対服従を可視化させられたようなポーズで、大の大人としてはなかなか屈辱的です。

そして端の房から順番に、「ガッチャン！　ガッチャン！」と鉄格子の扉を激しく揺する音が鳴り響いたかと思うと、続いて「施錠よーし！」「何号室、何名よーし！」と、怒鳴るような大声が聞こえてきます。

扉を強く揺すり、容易には開かない檻であることを示すパフォーマンスなのでしょうが、毎朝のこの騒々しいくだりには、心底うんざりしたものです。なんというか、シンバルを叩く猿の玩具の群に囲まれているような気にさせられます。

このとき、警察官はたいてい4人がかりで各房をまわり、端から端までこのパフォーマンスを繰り返します。そしてその様子を、上司とおぼしき人物が傍らで満足そうに見守り、「うんうん」と頷いているのですから、学芸会かと思うような芝居がかった光景なのです。

さらにいえば、留置場のフロアに通ずる分厚い鉄扉を、いつも警察官が「ガシャーン！」と必要以上に大きな音を立てて開け閉めするのも、暗に「扉は頑丈だぞ。ここからは絶対に逃げられないぞ」というアピールだったのでしょう。

彼らの行動原理は一事が万事、「立場の差を思い知らせる」ことに重きが置かれています。そのため、被疑者のなかでもとりわけ弱き者に対しては、いっそう当たりが強くなる傾向がありました。

たとえば、同房のホームレスさんなどは、寡黙でおとなしい人柄が災いしたのか、あるいはのちの報復行為につながるような後ろ盾がなさそうだからなのか、警察官たちの格好の標的となることがよくありました。この日も「布団の畳み方が汚い」という、言いがかりにも近い些細な理由で激しく怒鳴りつけられたあと、布団を没収され、硬い地べたで眠ることを強要されていました。

私はといえば、基本的に目立つ言動を控えるようにしていた賜物か、幸いにしてそうした理不尽な罰を受けることは一度もありませんでしたが、人ごとであっても実に不愉快な光景といえます。朝から晩まで、終始そんな調子なので、とにかく居心地が悪いことこのうえない空間だったわけです。

それに突然閉じ込められていますから、替えの下着すら持ち合わせていません。ここでは洗濯することはできませんから、外部の誰かに新しい下着を差し入れてもらうか、あるいは今穿いている下着を「宅下げ」し、洗ってもらって再び差し入れてもらわなければ、ずっと同じものを穿き続けるはめになるのです。

ただし、そうした状況にあっても、実社会から突然消えることになってしまった私の近況を関係者に伝え、抱えている仕事にある程度の対処ができたことは、私にとって心の平穏を維持する、大きな後ろ盾になりました。

作品は大丈夫なのか。今まさに手がけているアニメ作品は、無事に放映できるのか。逮捕以降、私は内心でずっとそうした懸念を抱き続けていました。それとともに〝死んでも絶対に作品を守ってやる。締め切りはひとつも落とすものか〟という、強いモチベーションが湧いていたのです。

いつもの取り調べ室に「先客」が……

留置場生活はすでに5日目に突入していますが、少しだけ社会との接点を取り戻したような実感を覚え、あらためてこの終わりの見えない戦いへの闘志を強くしたものです。

第3章で述べたように、取り調べを担当する刑事の態度に微妙な変化が見え始めてきたことも、精神的な追い風になっていたように思います。

この日も取り調べを受けるため、いつものように房から出されると、廊下でボディチェックを受け、手錠と腰縄をはめられました。

この際、「手錠、キツくないですか?」と聞かれたことも、いつもと大きく異なるポイントでした。一般社会であればごく普通の気遣い。しかし留置場においては異変の前触れともいうべき事態であり、普段の彼らの態度からは考えられないことです。

そして、もはやすっかり見慣れた取り調べ室へと連れていかれると、取り調べ担当の刑事に身柄を預けられ、室内へ入るよううながされるのですが、ここでなにやらいつもと様子が異なることに私は気がつきました。取り調べ室に、「先客」がいたのです。それは、妙にぱりっとしたスーツを着た年輩の男性でした。

「あ、部長」

取り調べ担当の刑事がそう口にしたのは、いかにも「思わず」といった感じで、おそらくこれは失言だったのでしょう。

刑事は基本的に、名前や役職などの個人情報を、被疑者に極力明かそうとしません。これもきっと、のちの報復行為を懸念してのことでしょう。

刑事のこのうっかりミスにより、どうやら署内でも偉い人間が出てきたようだと察した私。室内の空気が心なしか、いつもよりピリッとしているのも納得です。

これまで私は、取り調べ中でも移送中でも、刑事や警察官に対して冷ややかな態度を崩さないよう心がけてきましたが、今日はむしろ刑事のほうがどこか挙動不審な印象を受けます。初めてこの渋谷署に連れてこられたときには、今にもスキップを始めそうなほどウキウキしていた刑事が、この日は別人のように神妙な顔をしています。

これは面白くなってきた――。私はそう直感していました。

部長がぼそり。「最悪の事態ですよ」

さて、取り調べ室でいつもの席に座らされると、「部長」と呼ばれた身なりのいい人物が、私の隣に腰を下ろしました。

これまで、真横に誰かが座るフォーメーションはあり得なかったので、これには少々びっくり。もしかすると、取り調べ中に私が暴れ出すのを懸念しているのではないかとも思いましたが、これまでそんな素振りを見せたことは一度もありません。

あるいは、いっこうに言いぶんを変えない私に業を煮やし、今日の取り調べでは、こちらが思わずカッとなるような挑発行為を仕掛けられるのではないか。そして、ちょっとでも乱暴な言動を見せようものなら、それを突破口に一気に起訴まで持っていこうと企てているのではないか……。胸中にそんな疑心が生まれ、警戒しました。

しかし、そんな私の思いに反して、取り調べはひとまずいつもどおりにスタート。むしろ、いつも以上に平穏な雰囲気であったといっていいでしょう。対面に座っているいつもの刑事が、これまで何度も話してきた事件の概要を、もう一度聞いてきます。当然、私の主張もこれまでとまったく変わりません。

異なる点といえば、いつもなら私の話を聞きながら、そのつど手元のパソコンに取り調べの内容を打ち込んでいた刑事が、この日は途中で入力する手を完全に止め、ぱたんとパソコンを閉じてしまったことです。

また、私の暴力によって妻の前歯が折れたという疑いについても、これまでなら「振り向いた瞬間、うっかり右手が奥さんの口に当たっちゃったんじゃないの？」などと、とんでもない設定を持ち出して揺さぶりをかけてくるのが常でしたが、この日はそうしたトンデモ説を唱えることもありません。上司の前ではずいぶん行儀がいいのだなと、少しイラッときましたが、おかげで取り調べは淡々と進んでいきます。

すると、いつもの内容を、いつものとおりに答えていく過程で、隣にいた「部長」がぼそりとこうつぶやくのが聞こえてきました。

「……最悪の事態ですよ」

この言葉には私自身、思わず耳を疑いました。しかし小さな声ではありましたが、はっきりとそう言ったのです。

私に向かって話しかけた、という口調ではなく、まるでひとり言のような言い方でしたが、「ですよ」と敬語を使っているのは見逃せないポイントでしょう。少なくとも室内には、この「部長」にとって私のほかには部下しかいません。敬語で話すような相手は、私以外にはいないのです。

さらに取り調べが続き、私が相も変わらず一切のＤＶ行為を否定していると、今度はこんな言葉が漏れてきました。

「ああ……。このたびは、本当に大変な事態になってしまったようで……」

思わず隣の「部長」に顔を向けましたが、決してこちらの目を見ようとはしません。顔はそっぽを向いています。

なんとも不気味な態度であり、見ようによってはコントのようで滑稽ですが、これはつまり、警察として正式に非を認めて謝罪するわけにはいかないという事情の表れなのだと私は察しました。

不当逮捕であると認めることはできなくても、彼らにとっては絶望的に旗色の悪い状況であることが、ようやく理解されたのです。

数日前に見せられた、妻側の弁護士が用意した書類に支離滅裂な文章が記述されていたことなども、私にとってプラスに働いているかもしれません。とにかく、終始一貫して変わらない私の主張こそが真実なのかもしれないと、ようやく警察側が傾き始めたのです。

取り調べ室で「トカゲの尻尾切り」

私はこの取り調べの最中に、はっきりと理解しました。今この場で行われている謎のコミュニケーションが、「トカゲの尻尾切り」であるということを。

少しずつ多弁になっていった「部長」は、とうとうあからさまに保身に走るような言葉を口にし始めます。

「今回の事件を担当しているの、全部こいつ（いつもの取り調べ担当刑事）ですから」

「こいつも都民のために頑張っただけなんですよ」

「奥さんへの対応なども、すべて任せちゃっていたもので……」

とにかく自分はこの件にまったくタッチしていないのだと、無関係を強調する「部長」。なんという清々しいまでの階級主義でしょう。これほど見事に部下を切り捨てる上司をそのまま小説で書こうものなら、記号的すぎてリアリティがないとすら言われてしまいます。

一方、担当刑事は無言。上司が白だと言えば黒いものも白いと受け入れる、まさに階級の奴隷といった様子に、私は不快感と同時に、憐れみをも感じさせられました。

警察や検察にとって、逮捕はしたものの起訴に至らないというのは、キャリアに響く事態なのでしょう。出世にプラスになるわけがなく、ましてそもそも逮捕自体が不当なものであったとなれば、大問題になりかねないのです。今日この取り調べに「部長」が登場したのも、自身の立場を守るためだとしか思えません。

こうなるともう、警察の言うことのすべてが信用できなくなってきます。そもそも、妻が提出したという被害届は本当に存在しているのか？　存在しているとして、そこには本当に妻の判子が押されているのか？　私が留置場に閉じ込められることになったあらゆる前提が、なんとも曖昧さを帯びてきます。

しかし不思議なもので、こうした光景を目の当たりにしても、喜ばしい気持ちになることはありませんでした。なにしろここは、一般常識などまったく通用しないアメージングワールドなのです。心のどこかで〝勝ったな〟と確信してはいても、仕事場の監視カメラの一件で失敗したこともあり、まだまだ油断できないという警戒心のほうが勝ります。

結局、この日の取り調べはいつもよりもはるかに短時間で切り上げられ（時計がないのであくまで体感ですが）、供述調書への拇印を求められることもなく、ひとつも書類を作成せずに終了しました。

ちなみに書類をひとつも作らないというのは、警察側がこの日のやりとりを証拠に残そうとしなかったことと同義。それだけ、彼らにとって都合の悪い内容であったということになります。そもそも取り調べで作成される調書は、常に私が語った話として、警察側が押しつけてくるストーリーが記されるだけで、「警察側の発言」は一切記録されません。だからこそ、警察が一方的に作る供述書は非常に危険で、そこにはさまざまな「罠」が仕掛けられています。

それに気づくことなく、うかつに拇印を押してしまうと、みすみす自分に不利な証拠を作成することになりますから、この法律ゲームに勝つことはほぼ不可能。

もちろん私も含めて、たいていの被疑者はビギナーですから、こうした仕組みなど知るよしもありません。まったくもって、恐ろしいシステムです。

逆にいえば、彼らが書類の作成を放棄したというのは、そうした罠を張ることすら困難な状況に追い込まれたのだとも受け取れます。

事件がグダグダになったのはなぜ?

それまで、あたかも正義に燃える立場に扮し、時には恫喝ともいえる強い姿勢で私を威圧し、自白を強要してきた警察ですが、彼らをここまで翻意させ、弱気にさせた理由はいったいなんだったのか?

これについては警察の秘密主義により、今なお憶測の域を出ませんが、もしかすると私が房内に閉じ込められている間に、警察は書類上の被害者である妻に接触したのかもしれません。

そこであらためて事情を聞くうちに、妻の訴えの内容に曖昧なものを感じとり、自分たちの立場を危うくする危険を察した可能性は高いと言えます。なにしろ妻の代理人が、妻の言葉として「私は夫を訴えていません」などと記した書類を提出しているのですから。

あるいは、私を起訴するために警察側がせっかくストーリーを用意したものの、肝心の被害者であるはずの妻が嫌がって乗ってこなかったのかもしれません。私を逮捕し、それを得意満面でマスコミに吹聴した警察としては、当てが外れた気分だったことでしょう。

いずれにしても、この数日のうちに複数の困った材料が集まり、警察や検察の姿勢が揺らいでいることは、どうやら間違いなさそうでした。

この事件に関しては、妻も検察庁に呼ばれ、検事と面談をしているはず。私の弁護士いわく

「ハズレ」の部類にあたる担当検事は、この事件をやみくもに起訴に持ち込もうと意欲的でした。しかし、私と妻、双方の言いぶんに触れるうちに、誰の主張が本当に正しいのか混乱し始めたのではないか、というのが私と弁護士の推測です。

そして警察や検察は、「この被害者に自分のキャリアを託すべきか」という、彼らにとっては最もシビアな選択に直面したのでしょう。自分たちが手がけようとしてきたこの「事件」が、実は危うい根拠に基づくガタガタの状態であるとしたら、起訴に持っていくと彼らにとって非常に面倒なことになります。最悪、自分が信じた被害者と心中するかのような状況に陥りかねません。

こうなると、彼らにとって最も傷の浅い落としどころは、妻の側から訴える意思を削ぐこと。それが、こうしたグダグダな展開につながったであろうことは、十分に考えられます。

しかし、そんな状態であっても、いまだに拘束され続けている私はたまったものではありません。

この頃になると、連日の栄養不足がてきめんに影響を及ぼし、頭は常にぼーっとした状態で、あからさまな倦怠感にさいなまれていました。夜間も照明を消してもらえない留置場内では、睡眠も不足しがちで、もはや気力も集中力も衰える一方です。

栄養面でいえば、自費で高カロリーな弁当を購入することも可能ですが、それも昼のみ。空腹にこそ慣れましたが、留置場での生活が始まってから、私は自分の体重がみるみる落ちていくのを感じていました。

弁護士との打ち合わせをしているときも、集中力が続かず、言われる内容がまるで頭に入ってきません。それどころか、考えることを面倒臭く感じてしまい、判断や決断にいちいち時間がかかります。

また、もともと1日に30本は吸う愛煙家である私にとっては、タバコが吸えないストレスもMAXに達していました。イラン人さんは「ここにいると、イヤでもタバコが止められるからいいよね」などと笑っていたものですが、不思議なもので、これを機に禁煙しようという考えは微塵も湧きませんでした。

おそらく、このときの私にとってはタバコこそが奪われた自由の象徴であり、いつか取り戻さなければならないものとプリンティングされてしまっていたのでしょう。今思い返してみても、タバコを吸えないストレスを怒りに変え、それを原動力に留置場生活を耐えしのいだ側面は否定できません。

状況的には光明が見えつつありながらも、そうしたストレスと対峙していた私の心身は着実に疲弊し、すり減っていったのもまた事実でした。

担当弁護士に聞く
冲方事件の疑問

その5

Q 冲方さんの勾留中、弁護士として相手（冲方夫人）と面会することもあったのでしょうか？

A 直接会ったことはありません。ただ、当初は直接連絡を取り、相手方に代理人が付いてからはその代理人（弁護士）と話をしました。

今回は当初、相手方に代理人が付いていませんでした。そのため、冲方さん自身の意向を受けて、その真意を確認するために、直接ご本人に連絡を取ってはいます。

しかし、結局は代理人を立てるのを待つことになり、冲方さんの要求であった「いったいどういうつもりなのか確認してほしい」という疑問は、現在も解消されていません。本文に記載のある「3000万円」という金額の根拠も、判然としていません。（水橋）

第6章

悪魔の証明

もう10日間の勾留はあるのか?

喜び勇んで逮捕に踏み切ったはいいものの、いざ取り調べを進めてみると、なにやら様子がおかしいことに気づき始めた警察。しかし、彼らが逮捕と同時にマスコミにリークしてしまったことにより、事件はすでに広く拡散しています。

今さら「事件性なし」となれば、担当者のキャリアに大きく響く汚点となるでしょうし、人事的な懲罰を受けることだってありそうです。

なにしろ無実が証明されたとなれば、善良な一般市民を問答無用で留置場に閉じ込め、拷問に近い環境でいじめ続けたのですから、タダですむわけがありません。だからこそ、私としては一刻も早く釈放の決断をしてほしいところ。しかし、その判断は検察庁に委ねられることになります。

すでに留置場生活は6日目に入りましたが、制度上、10日間の勾留を終えても、検察はさらにもう10日間、私を勾留することが可能です。

新たに事件を裏づける物証が見つからずとも、「逃亡の恐れあり」「証拠隠滅の恐れあり」などと理由をつけて閉じ込め続けることができるのですから、つくづく恐ろしいシステムがまかりとおっているものです。

3日後には、私は再び検察庁へ連れていかれ、検事の取り調べを受けることになるはず。そこでの取り調べを踏まえて、私をもう10日間勾留するかどうかが検討されます。その意味で、ここは重要な局面でした。それまでに検事に釈放を認めさせることができるかどうか、ラストスパートの始まりといっていいでしょう。

無理やりであっても、こうしてこの不条理なゲームに参加させられてしまったからには、定められたルールの中で戦うしかありません。そのため、布団の畳み方や直立時の姿勢など、些細なことでいちいち叱られるのが常の留置場生活において、私はできるかぎり完璧な素行を心がけていました。

まれに、「なんでそこに立ってるんだ！　こっちだろ！」などと怒鳴られることもありましたが、それもほんの30㎝くらいの立ち位置のズレを指摘される程度のもので、ほとんど難クセといっていいレベル。向こうも叱るポイントを探すのに苦労していた様子でした。

この日の夜。いつものように弁護士が接見にやってきて、私にこう言いました。

「検事が、もう10日間の勾留を決めるかどうかは五分五分です」

理不尽ではありますが、今までは私の弁護士いわく、九分九厘の確率で勾留されるとみなされていたわけですから、実はこれは心強い言葉でした。

しかしその一方で、担当検事が残念ながらこちらが期待しているような人物でないこともすでに判明ずみ。

「これだけ根拠に乏しい状況で交渉に臨もうとする向こう（妻）の弁護士もどうかしていると思いますが、その言いぶんを疑いもなく受け入れている検事もどこかおかしい。本来これは、事件になんてなりようのない事案ですよ」

弁護士はそう言って笑っていましたが、決して私に安心しろとは言いません。私も油断をしてはならないと肝に銘じています。うかつに釈放への期待を膨らませてしまうと、それが叶わなかったとき大きな絶望感に見舞われることになります。へたに期待を抱かないことは、自分自身への予防線でもありました。

むしろ、これまでの栄養不足と睡眠不足と疲労によってコンディションが優れなかった私は、弁護士に向かって思わず、「もう、起訴でもなんでもするならしやがれ、という気分です。全面的にやってやりましょう」と興奮気味に口走ったことを覚えています。

とはいえ、起訴させないことが私の弁護の肝心な点なので、弁護士からは「そうはさせませんから落ち着いて」と、なだめられたものです。

ここで重要なのは、裁判には持ち込ませず、代理人同士や検事、さらには裁判所とのやりとりでなんとか落としどころを見つけることでした。

私の側がやるべきことといえば、まずは釈放を目的にした根拠の提示を繰り返し行うことになります。たとえば、「ちゃんと身元引受人がいるし、社会的地位に立脚した仕事があり、かつ拘束されることによる損失がはなはだしい」といったことを根拠に、決して逃亡はしないから釈放すべきだといった主張を、刑事や検事にするわけです。

これらは警察や検察が納得せざるを得ない状況をつくる努力といえます。ただし、あくまで釈放をめぐる戦いであって、不起訴や無実の証明といったこととは根本的に異なる、別の理屈でのゲームだということも理解しなければなりません。

このような状況で、もし訴えた側の目的がお金なのであれば、当然このタイミングにつけ込んで、できるだけ多額の和解金を求めてくることになるでしょう。

事実、留置場にいる人々の大半が、和解の金額をめぐってマネーゲームを繰り広げていました。ただでさえ理不尽なこの状況で、自分を訴えた相手の心理を冷静に見抜いて、落としどころとなるであろう金額を着々と計算する様子には、非常に驚かされました。まだまだ留置場内でのゲームに不慣れな私は、とてもそこまで冷静に計算することができません。

それよりも早期の釈放を叶えるためには、警察が指摘するDV行為が、完全にでたらめであるという証拠を提示しなければならないということばかり考えてしまいます。しかし、やったことを証明するのは容易でも、やっていないことを証明するのは非常に厄介。いわゆる「悪魔の証明」というやつです。

たとえば、暴行の現場とされる、マンションのエントランスに設置された防犯カメラの映像は、そのための有力な証拠となるはずでした。

しかし、これについては以前にも述べたように、取り調べの最中にうっかり「そこまで言うなら防犯カメラをチェックしてみてくださいよ」と口走ってしまったため、先に警察側に証拠を押さえられてしまいました。

実際、私の弁護士がマンションの管理人にカメラの映像提供を求めたところ、「もう警察に渡した」と、門前払いされています。映像データの複製が存在する可能性もありそうですが、一般の人の感覚からすると、むやみに警察に逆らうことには抵抗があるようで、ほとんど取り合ってもらえなかったとのこと。そこに「真実」が映っているなら、どちらが押さえてもいいじゃないかと思われるかもしれませんが、これが法律ゲームの怖いところです。

ちなみに、警察が集めた証拠は、調書と一緒に検察に提出されます。起訴前の段階では、それらがどういったものか知ることはできません。起訴後は、証拠開示の制度があることから、被疑者も一定の範囲で証拠にアクセスすることができますし、検事が出さない証拠をこちらで出すこともできます。

しかし、世間では「証拠を集めるのは警察で、被疑者の弁護士などに同じものを渡してはいけない」といった考え方が根強く、そう簡単にはいきません。なにより、起訴前は検察が何を根拠に、どう訴えてくるかもはっきりわからないので、そうした反証の用意も起訴後とならざるを得ず、必然的に被疑者は後手に回ることになるのです。

こうしたジレンマに直面するにつけ、もはやこのゲームが真実とは別のところで進行していることを、私は痛感していました。

釈放することで生じるリスク

昨日の取り調べを境に、警察に対して優位に立った感触を得ていた私ですが、検察はまた別。仮に冤罪だと理解していながらも、保身のために証拠を握りつぶされてしまえば、こちらは手の打ちようがありません。

検察というのは、いわば「営業せずとも仕事がくる」職種です。手元に運ばれてきた仕事を吟味して、いけると思うものはどんどん起訴する。このあたりは税務署と同じで、おそらく〝できるだけ税金を取ってきた者の勝ち〟という意識は強いでしょう。

まして私はこのゲームにおいて、少しマスコミにリークすれば、大々的に報じられる「レアアイテム」なのです。彼らに「このまま逃すのは惜しい」という意識が働いても、なんら不思議はありません。

一方、私がＤＶをやったという警察・検察側の根拠は、被害者の供述しかないだろう、というのが弁護士の推測でした。突拍子もないものを「これが証拠だ」と強引に持ち出すことはなさそうです。

弁護士に言わせると、「本来、これほど大げさに報じられることはあり得ないし、起訴に持ち込まれるような事件でもない」という状況であり、警察も検察も潤沢に人手があるわけではないのですから、この程度のトラブルにはあまり熱心にならないのが通例なのだそうです。

「それでもやるのであれば、きちんと起訴にいたるまでのシナリオを立てて臨むのがセオリー。ところが今回の件については、検察のシナリオがまるで見えてこないんですよね……」

弁護士はそう言って首をひねります。ここ数日、警察側から感じられる焦りは、そうしたゆがみが浮き彫りになってきたことの証なのかもしれません。

もっとも、私を釈放することで、彼らに一定のリスクが生じるのもよく理解しています。たとえば、もし私が万人を欺くことに長けたとんでもないサイコパスであったら、釈放した途端、より大きな事件を引き起こす可能性だってゼロではありません。

そうでなくても留置場内でさんざん虐められている被疑者は、多大なストレスと不満をため込んでいるものです。釈放後、私の怒りがあらためて妻に向き、今度こそ本当にDV事件を起こすどころか、まかり間違って殺人事件にでも発展しようものなら、警察でも検察でも、重大な責任問題となるでしょう。

少々旗色が悪くても彼らが簡単に釈放を認めないのは、そうしたリスクまで踏まえてのことなのです。

もし留置場の実態がこうも拷問じみたものでなければ、私はそうした警察や検察側のリスクを理解し、むしろ自分が正しいことを証明するためにも、心から従順に拘束されていたかもしれません。しかしこうして留置場内での生活を体験した私からすれば、〝警察や検察の自業自得で、結局はこちらが迷惑を被っているということか。その理屈でいうと、新たな犯罪が生み出される可能性を自分たちで作ったせいで身動きが取れなくなっているだけじゃないか、馬鹿馬鹿しい〟と思うばかりです。

留置場内での数少ない娯楽

ちなみに、この日は8月28日、金曜日。先週の土曜日には、秋葉原でファン向けイベントに登壇していたわけですから、この渋谷警察署へ連れてこられて、そろそろ丸1週間ということになります。

さすがに留置場での生活にも慣れてはきましたが、日中は眠気と疲労でグダグダの状態。そして、なによりの敵は「退屈」でした。

やれることのかぎられた留置場内では、とにかく時間が経つのが遅く、取り調べですら「ないよりあったほうがまだ退屈しのぎになる」と思えるほどです。

楽しみといえば、同房の皆さんとのコミュニケーションや、差し入れてもらった本を読むことくらい。

ちなみに私が差し入れとして希望し、房内で読んでいたのは、スティーヴン・キングやカズオ・イシグロの幻想小説などでした。どちらも今にして思えば、精神衛生上あまりよくないセレクトだったような気もしますが、これらは貴重な娯楽。普通に暮らしていたときと同じようにエンターテインメントを楽しむことで、実社会とのつながりを感じることもありました。

また、読者からいただいたファンレターを読むのも、貴重な憩いのひとときでした。逮捕のニュースを見て、渋谷警察署宛てに手紙を送ってくださった方々がいたのです。

内容といえば、純粋に作品に関する感想が主で、たとえば留置場での生活について「頑張ってください」といった励ましは皆無でした。

今にして思えばこれはちょっと不自然な気もしますから、もしかすると逮捕に関する部分は、事前の検閲で破棄されていたのかもしれません。そういえば1枚目と2枚目のつながりがちょっと変な手紙も交じっていたように思います。警察は外部との情報交換について、非常に敏感でした。

なかにはお菓子などを差し入れとして送ってくださった方もいたようですが、これは無条件に没収されてしまい、残念ながら口にすることはできませんでした。送り主には申し訳ない思いでいっぱいです。

そうしたかぎられた楽しみはあっても、警察の取り調べも検察の取り調べもない土曜日は、とにかく退屈のひと言。普段の生活ではあれほど時間に追われていたのに、なんだか皮肉なものです。

傍らでは、同房のイラン人さんがホームレスさんに、「おっちゃん、もうすぐここから出られるよ」と話していました。

事情通のイラン人さんは、みんなの知恵袋的な存在で、彼がまもなく勾留期限いっぱいの23日に達することがわかっていたようです。

イラン人さんいわく、ホームレスさんのケースでは、釈放後は専門の施設で職業訓練を受けることになるだろう、とのこと。仮の宿やバイトもあてがわれ、社会人としての再生を目指すのだそうです。

ただし、「その手の施設は一度逃げ出すと、もう二度と受け入れてもらえないから、心を入れ替えてちゃんと頑張ったほうがいいよ」とも忠告していました。「ちゃんと市役所に行って、生活保護とかもらいなよ。仕事を見つけてもらって逃げないで働けば、入れ歯も買えるようになるよ」などと親身になることこのうえないイラン人さんでした。

SITに踏み込まれたオレオレ詐欺くん

なお、最初に同じ房にいた某グループの元幹部、Kさんは、数日前に別の房へ移されていました。おそらく、私に弁護士を紹介したことがバレたのが理由だと思われますが、真相は定かではありません。

房内の定員は4人ですから、すぐに代わりのメンバーが「補充」されてきました。今度は20代前半の青年で、聞けば罪状はオレオレ詐欺だそう。これまた、普通に生活していたときには、まず出会うことのない人種です。

といっても、彼自身に詐欺の片棒を担いでいたという自覚は薄く、「知り合いに頼まれて事務所で電話番をすることになって、行ってみたら、いきなり催涙弾が室内に投げ込まれたんですよ」とのこと。本人いわく、SIT（特殊捜査班。誘拐事件や人質立てこもり事件などを捜査する）

に踏み込まれて銃器を向けられたのだとか。「俺はここで死ぬんだ」と思わされるほど、強烈な急襲だったそうで、なんとも壮絶な体験です。

ちなみに留置場内でのもっぱらの見解として、昨今の警察の捜査における優先順位は、1位がDV、2位がオレオレ詐欺、3位がタクシー強盗、4位がテロだとか。これは「警察が世間に働いている姿をアピールできる」順だそうで、私とその青年は上位ふたつに関連し、優先的に逮捕されていたわけです。

もしこの優先順位が異なっていて、DVが10位くらいに位置していたとしたら私は逮捕されなかっただろうとのことで、「運が悪かったね」とイラン人さんに笑われたものです。実際、しばらく前まで「民事不介入の原則」に従い、夫婦のいさかいに刑事が関与することはなかったとか。警察・検察・裁判所というものは世間の風潮に敏感で、ちょっとでも自分たちが批判されると、すぐに「そんなことはない、われわれはしっかりやっている」とアピールする努力を始めるのだそうです。

さて、その青年は、詳しい事情を知らないまま留置場生活を送るはめになったことがよほど悔しかったのか「六法全書」を差し入れてもらって、「中身をすべて暗記してやる」と息巻いていました。そのくらいしなければ戦えない、というわけです。本当に暗記できるかどうかはさておき、確かにこれは正しい考え方ではあります。

日本人はあまりにも日常から法律を除外し、裁判がどのように進むかも知りません。テレビドラマなどで架空の警察や検察のイメージを鵜呑みにするだけで、自分の目の前にある社会の実態を知らないのです。今回の経験をとおして、私自身もそう思い知らされました。

このオレオレ詐欺くんにしてもイラン人さんにしても、共通しているのは留置場の外に、待っていてくれる人がいることでした。イラン人さんには妻子がいますし、オレオレ詐欺くんには愛する彼女がいます。晴れて釈放されるそのときまで、果たして相手が待っていてくれるのかどうかが、大きな心配事のようでした。

対照的に私の場合、事情が事情なのでそういった悩みとは無縁。どちらかというと、必要なのは家族と完全に決別する覚悟を固めることであり、房内で感情の整理を行うような日々が続いていました。

これほどおかしな事件を経て、以前のような家庭生活を築けといわれても、さすがに無理というもの。釈放されたとしても、自宅やその近くにある仕事部屋にすら戻りたいと思えません。

釈放されたら、引っ越しの準備をしなければいけないな――。

倦怠感と疲労のなかで、私は漠然とそんなことを考えていました。

担当弁護士に聞く
冲方事件の疑問

その6

Q DV容疑を晴らす証拠になる可能性があった防犯カメラ映像。こうした証拠を、警察が握りつぶしてしまうようなことが、現実に起こっているのでしょうか？

A これは必ずしも、警察が証拠を「握りつぶしている」わけではありません。警察が証拠を収集するのは当然のことです。問題は、起訴されるまで警察が収集した証拠を見ることができないことです。

今回、当該マンションの管理組合と直接やり取りをしましたが、映像を見せてもらうことは叶いませんでした。そもそも住民の姿が映っているこの手の映像は、プライバシーの観点から出し惜しみされるのが常です。まして、一度警察に渡しているものを、何度も外部に出すのは抵抗があって当たり前かもしれません。

仮にその映像を入手でき、明らかにDVの事実がないことがわかれば、早期釈放への有力な材料になったのは間違いありません。しかし、カメラの角度やその他の問題から、そこまでの証拠になり得たかどうかはわかりません。（小松）

第7章

2度目の検察庁

房の中でのお楽しみはトルコ式マッサージ

留置場生活においては、とにかく時間がありあまってしまうことがなによりもつらいことでした。多忙な現代人からすると贅沢な悩みと思われてしまうかもしれませんが、これはなかなか深刻な悩みでした。

これが刑務所であれば、何らかの仕事を与えられるわけですから、どうにか気を紛らわせることもできるでしょう（だから刑務所のほうがいい、とは未経験の私には思えませんが）。毎日やることがなくて、とにかく暇でしかたがない。取り調べでもあれば、まだ思いの丈を吐き出すことができますが、土日はそれもありません。

とくに日曜日は、警察署内の各部署が休みを取るため、一切の書類手続きが進められなくなります。留置場内では数々の意地悪や理不尽な処遇がまかりとおっていますが、「退屈」に勝る拷問はないといっても過言ではないでしょう。

官本を物色し、読書で気を紛らわせることもできるのですが、留置場生活が始まったばかりの頃は、この異常事態について考えることが多すぎて、ページをめくっていても内容がまったく頭に入ってこないという現象に悩まされました。読書で時間を潰すのにも、慣れが必要なのです。

また、狭い房の中で体を動かさずにいると、ふしぶしが凝り固まり、物理的にもしんどい思いをさせられます。そのため、房内で軽いストレッチや筋トレに興じる人をよく見かけました。私もときおり、同房のイラン人さんと一緒に筋トレをしたり、「トルコ式」だというマッサージを教わったりしました。

互いの背中を踏み合ってほぐしたりするのですが、筋トレと違い、これは厳密にはルール違反らしいので、警察官の目を盗んで行う必要があります。かなり本格的に押したり踏んだりするので、衝撃で思わず「ぐえっ……」と声をあげてしまうと、即座に「おい、何をやってるんだ！」と怒鳴り声が飛んでくることもしばしば。

筋トレはよくてマッサージはダメというのは、なんだかよくわからない基準だと思われるかもしれません。しかし、被疑者同士の接触行為は、いじめや自殺幇助の可能性がありますし、そうでなくてもこっそりとよからぬ情報交換を行っているのではないかと拘束する側は考えるわけです。

さらに日曜日は、弁当すら頼むことができませんから、食事面でもストレスは倍増。土曜日以上に人の動きが少なくなり、まさに空白中の空白ともいうべき1日です。

何もすることがないのでエネルギーはありあまっています。けれども、昼は食パンないしコッペパンしか出ない、夕食は白米が多くおかずはわずかと、炭水化物メインで栄養の偏りが激しいため、倦怠感がつきまとう――。そんなおかしなコンディションで過ごさなければなりませんでした。

おまけに、子どもに会えないつらさというのも、じわじわと心を締めつけていました。たまに、夢の中に子どもが出てきてしまうと、自分の中の柔らかい部分をグッサリと刺されるような、なんともいえない苦しみにさいなまれました。

こうした状況を避けるためには、どんな選択肢があったのだろうか。

こうして子どもたちと引き離されてしまう現実は、本当に不可避だったのだろうか。

そう思考がまわり始めると、一気に気持ちがふさぎ込んでしまうため、慌てて過去を振り返ることを止め、現在だけを見つめる努力をするのです。

とにかく、耐えなければならないことは山積みでした。

こうなると、ぼーっと座っていることが最もつらい。意味もなく室内をうろうろと歩きまわったり、「何時間たったかな？」と鉄格子の隙間から廊下の向こうの時計を見ようとしたり、異常なくらい落ち着きを失います。

「そろそろ2時間はたっただろう」と思って、うかつに廊下の時計をのぞくのは避けるべきことで、実際にはほんの30分程度しか針が進んでいなかった場合など、いよいよ心が折れそうになったものです。

昼寝でもすればいいのにと思われるでしょうが、そうすると今度は夜眠れなくなりますから、単につらさの先送りにしかなりません。

過去にこの部屋ですごした「先達」も、そうした苦難と懸命に戦っていたようで、房内の壁には爪で彫ったとおぼしき落書きがたくさん残っていました。あまりに度を越したものは消されているのか、たいていはマンガのキャラクターなど、他愛のないものばかり。そういえば隣の房では、非常によく描けた『妖怪人間ベム』の落書きがあったと話題になっていたことを思い出します。

そんななかで唯一の楽しみ(?)といえば、弁護士との接見です。弁護士だけは、曜日も時間も無関係にいつでも出入りできる立場なのですが、これは退屈きわまる週末においては救世主のような存在でした。

シナリオを描いて出口を探す日々

そんな留置場生活も、とうとう8日目に突入。日付でいえば、2015年8月30日、日曜日です。夏も終わりに近づいているわけですが、私自身の先行きは相変わらず見えてきません。

それでも、少しずつ身の潔白が警察に伝わり始めた手応えがありましたし、仕事の面でも多くの方々の尽力があって、無事にこの難局を乗り越えられそうだという確信が湧いてきていました。

房の中では、前述のイラン人さんなどから、「こうすると早く出られるよ」とアドバイスをもらうことがよくありました。苦痛なほどの退屈も手伝って、ふとしたときに房内の人たちと、互いが互いの事件を「自分だったらどう乗り越えるか」という作戦を立てて披露し合うことがよくありました。

私のケースでは、誰でも思い描くシナリオは、まず穏便に妻との和解を成立させ、私を釈放しても夫婦とのあいだで今後、大きなトラブルに発展することはないと検察にアピールするというものです。

母親という明確な身元引受人も存在し、社会的立場から逃亡の可能性も低い私にとっては、たしかにこのシナリオこそが釈放決定のためのカギとなるはずでした。

実際、このシナリオはわりとセオリーに近いものらしく、和解金の額をめぐって駆け引きが行われるケースは非常に多いようです。その額の折り合いがつかない場合は、そこで初めて起訴されることを覚悟したり、略式起訴を受け入れて早期の釈放を目指すとか。

留置場ですごす人々の中には、こうしたかぎられた選択肢を前に、法律ゲームや駆け引きをしながら、どうにかして和解金を用意しようとする人もいれば、あえてひたすら勾留され続け、最後まで和解せずに略式起訴だけで出ようと考える人もいました。このあたりは各自の経済事情なども判断材料になっているのでしょう。

そうしたさまざまなアドバイスや作戦を房内の人々から教示してもらいはするものの、実のところ私の場合、事件自体がグダグダになってしまっているため、通常の作戦はもはや通用しません。

私の弁護士からもさまざまなシナリオについて説明を受けましたが、まったくピンときません。あらゆることに疑問を感じるばかりです。

そもそも、お金を払って和解することが、こうした法律ゲームで重要になるという点では、ふたつの意味で気分の悪さを抱かされたものです。

ひとつは、「大金持ちであれば、和解金をどっさり積んで、あっという間に訴えを取り下げさせてしまえるのではないか」ということ。極端なことをいえば、これは札びらで被害者を黙らせることができる制度でもあるのです。

もうひとつは、「お金目当てで冤罪を仕組む人間がいるのではないか」ということ。事実、痴漢やDV、強盗といった事件の中には、必ず一定以上、虚偽告訴が混じっているのだそうです。実際にタクシー強盗の罪で逮捕された某氏のケースでは、むしろ運転手のほうからなにかと絡んできて、こちらが怒りを爆発させたところで警察に通報され、言いぶんにもろくに耳を傾けられることなく逮捕に至ったといいます。あくまで本人の話によるものですが、似たような事例は留置場内でいくつも耳にしました。

また、お金欲しさに、やられてもいないことで訴える人が相当数いるだけでなく、民事事件で有利になろうとするために、刑事事件をでっち上げる人もいるとか。

そういえば、私の取り調べを担当した刑事が、ふと、「もしかして民事か……?」とつぶやいたことがありました。これも今思えば、そういった架空の事件をつかんでしまったのではないか、という不安からだったのでしょう。

なお、こうして閉じ込められている間も当然、妻と子供は通常どおりの生活を送っています。留置場生活とは対照的に、ささやかな一家だんらんの場であったマンションで今も暮らしており、その生活費の一切合切は、すべて私が負担しています。

私から日常生活を引き剝がす状況をつくりだした原因が妻にあるのだとすれば、これもなんとも理不尽に思えてなりませんが、生活費を負担していた事実は私にとって好材料のひとつになったようです。妻子を養い続けることで、〝この被疑者は社会人として信用に値する人物です〟という点を、検察や裁判所にアピールすることにつながったからです。

なんであれ、房内の方々がアドバイスをしてくださったようなシナリオは成り立たず、そもそも私自身、そうした理屈をすぐには理解できずにいました。

慣れない房内の生活のせいで、気力も集中力も失われてゆく極限状態では、やはり思うように頭がまわらないものです。つい、弁護士の指示を聞きながら、ちゃんと理解できているのか自分でも不安になることがありました。

考えてみればこれは恐ろしい状況です。幸いにして私の場合にはそのようなことはありませんでしたが、もしも悪徳弁護士につかまっていたら、いつの間にか合法的に多額のお金をむしり取られていることにもなりかねません。そんな想像をめぐらせてしまうのは、私が小説家だからでしょうか……？

留置場で迎えた父の命日

さて、どうにか地獄の週末を耐えしのぎ、一夜明けて8月31日、月曜日を迎えました。私はこの日、再び検察庁に連れていかれ、勾留続行か否かの重大な判断を下されることになります。奇しくもこの日は、父の命日でもありました。

父は22年前、私が16歳のときに大腸がんを患って亡くなっています。このような境遇に置かれていてもちゃんと命日を思い出すのは、それだけ自分が追い詰められ、頼りになる存在を無意識に欲していたからなのかもしれません。実際、いろんなものにすがらなければ、とても精神の平穏を保てないところまできている自覚はありました。

とにかく、自らを鼓舞できるものを必死に探す日々。死んだ親父が守ってくれるはずだ。仕事仲間は皆、自分のことを信じてくれているはずだ。福島であの震災を耐えたのだから、このくらいなんてことはないはずだ——。

この不条理な状況に対する怒りが、冷めてしまったわけではありません。ただ、強い怒りをあらわにすることは、それだけで体力を消耗します。むしろ、怒りを適切な形で変換し、頑張るためのエネルギーに変えていかねばなりません。

再び検察庁へ出向くこの日、弁護士からは「堂々と、これまでどおりの主張を繰り返してください」とだけ言われていました。なにしろ相手は、私の発言の信用できない部分を血眼になって探しているのです。途中で主張が変わったり、矛盾点が生じたりすれば、それは向こうにとって絶好の突っ込みどころとなります。

ちなみにこの局面で考えられるリスクは、再び勾留請求が出されることだけではありません。最悪、「一度は釈放されたとしても、別件で再逮捕される可能性だってゼロではない」と弁護士は言います。

皆さんも事件報道などで再逮捕という単語をよく目にしていると思いますが、もし検察が本気でこの案件を事件化しようと思ったら、あらためて事のなりゆきを構築し直し、再び逮捕して取り調べを続けることは十分に可能なのです。たとえば、ちょっとした軽犯罪を理由にしょっ引くようなやり方は、現実に公安警察の得意技です。

逆にいえば、このままなら私を起訴するだけの材料はないわけですから、警察としてはそういった強引な手段に出るしかないともいえます。

しかし強引でもなんでも、再逮捕を行い逮捕事実が積み上がることで、私にとっては非常に不利な状況がつくられることは間違いありません。

そうしたさまざまな思いを胸に検察庁へ向かうその瞬間は、まるでリングへ向かうボクサーのような心境でした。

朝8時に廊下に並ばされ、以前と同じように手錠をロープでつながれる私たち。ちょっと心強かったのは、この日は同房のイラン人さんも一緒だったこと。

だからというわけではないでしょうが、検察庁まで運ばれるバスの中は、いつもより和やかな雰囲気であったように思います。聞こえてくる雑談から察するに、この日のメンバーには「そのスジ」の方が多かったのでしょう。妙に浮世離れした人や、警察官と顔見知りのような人が多く乗っていました。

「おれ、麻布署で降ろしてくださいよ。渋谷署にはもう帰りたくないよ」

道中、そんな冗談すら飛び交っていたものです。警察官も気さくにこれに応じ、

「渋谷、そんなに厳しいの?」

「それはもう、厳しいなんてもんじゃないよ、最悪。こないだなんて、懲罰房でひでぇ目に遭わされたんだ」

そんな会話で笑いが起きたりします。

私は渋谷署しか経験していないわけですが、いかにハズレを引いたのかがうかがい知れる会話でもありました。

もちろん、こうした談笑が延々と許されるわけもなく、検察庁が近づいてくると「お前らそろそろ黙れ」とか、「おい、脚を組むな」などと、警察官が引き締めにかかります。

ちなみに車内で脚を組んではいけないのは、危険防止という理由もあるようです。被疑者を運ぶ護送車というのは、場合によっては被疑者の仲間などから走行妨害を受けるリスクを孕んでいます。もし、運転手が急にハンドルを切った場合、脚を組んでいると不安定で転んでしまうかもしれません。そうでなくても私たちはロープでつながれていますから、ひとりが激しく転倒することで、思わぬ大事になることだってあり得るわけです。

最後の審判!? もう10日間の勾留は?

そうこうしているうちに、1週間ぶりの検察庁に到着。やはり前回同様、まずは庁舎内の房に入れられ、6、7時間ほど座ったまま待機させられます(例によって時計がないので正確な時間はわかりませんが)。

たまに、イラン人さんとアイコンタクトで会話をしたりして、前回よりは穏やかに時が流れていきましたが、なかには反抗的な人もいます。やれ「手錠がきついよ」とか、「早くしてくれ」とか、いちいち喚き散らしては監視役の警官にどやしつけられていました。

同じく何もせず待たされるなら、まだ本が読めるし、狭い空間であっても自由に動けるだけ日曜日の留置場のほうが百倍マシです。

しかし、この日の私は、これが最終局面であるという意識のもと、検事と戦う意欲に満ちていました。ここは検察庁ではなく、「試合会場」なのです。

これから私は、今までとまったく変わらない主張を、あらためて検事の前で繰り返します。それにより、もう10日間勾留するかどうか、検事が判断することになります。場合によっては、今日すぐに留置場を出られることだってあるかもしれません。

そして数時間の待機時間を経たのち、いよいよ私の番がやってきました。

試合に臨むようでもあり、重要な面接を受けるようでもある、なんともいえない心境のこの局面。とにかく、ここがひとつの勝負どころです。

警察官に連れられて取り調べ室にとおされると、検事との対話がスタート。私は渋谷署でも何度も話したとおりの経緯を、できるだけ落ち着いて、淡々と口にしました。

すると、検事が少し感心したような口調で、私にこう言いました。

「――あなた、本当に言うことが変わらないね」

担当弁護士に聞く
冲方事件の疑問

その7

Q そもそも被害届や診断書が存在しなくても、警察は被疑者を逮捕できるのでしょうか？

A できます。告訴がなければ起訴できない事件を親告罪といいますが、今回冲方さんが逮捕された傷害罪は親告罪でないため、被害届や診断書がなくても捜査機関は捜査をしたり起訴をしたりすることができます。

ただ、傷害事件の場合、刑事手続きが始まる最初の「入口」（「捜査の端緒」といいます）が被害申告であることはごく自然であり、被害届や診断書が提出されたのを受けて傷害事件としての捜査が始まるのが普通です。そして、傷害事件の場合、警察は、被害者の供述に基づいて作る供述調書と、傷害の結果を証明する診断書を中心として証拠を整え、裁判所に逮捕状を請求します。このふたつがそろっていれば、裁判所はまず間違いなく逮捕状を発付するでしょう。

しかし、今回の冲方さんのケースで、それらの書類が存在したのかどうかは不明です。警察は被害届の存在を仄《ほの》めかしていたようですが、真相はわかりません。また、仮に「傷害」が事実であっても怪我がない場合もありますから、診断書がなくても逮捕状が発付される事例もあります。

私たち弁護人は、被害届は存在しているものとして動いていましたが、そうした書類の存在を確認できるのは裁判が始まってからのこと。今回は裁判に至らず不起訴が確定したため、真相はもはや藪の中ということになります。（水橋）

第8章

釈放決定

検事の反応にも微妙な変化が

「——あなた、本当に言うことが変わらないね」

検事のその口調は、皮肉というよりむしろ、私に対して一定の評価を与えるニュアンスを含んでいるように思えました。

あの手この手で揺さぶりをかけても、発言や主張が最初から最後まで一切ぶれない被疑者というのは、案外珍しいのかもしれません。あるいは、〝もう、こいつには何を言ってもムダだな〟と諦められていたのか。

この、検事による取り調べに臨むにあたり、前夜のうちに弁護士からは、「供述調書を取らせないように頑張ってください。サインや拇印はできるだけ拒否することが重要です」とアドバイスされていました。

そこでこの日は、前回よりも強気に、「弁護士の立ち会いがなければ、どんな書類にも同意できません」と、取り調べの序盤で毅然と宣言した私。しかし検事は、「弁護士は一切立ち入れない決まりだから」と聞く耳を持たず、ルールを盾に「密室」を守ります。

彼らにとってこれほど好き勝手にやれる空間はないわけですから、それはそうでしょう。裏を返せば、被疑者にとってここがいかに不利な状況かおわかりいただけるはず。

ただ、検察側としても、今回の件を事件として提起するのは、もはや困難であることを察していたようにも感じられます。それはこの日、事実関係の確認とは別に、今後についての質問に一定の時間が割かれたことからも明らかでした。

「留置場を出たら、どこに住むつもりなの？」

「仕事は続けられるんでしょう？」

「家族が暮らしている自宅以外に、どこか住める場所はない？」

とくに最後の質問はどんどんエスカレートしていき、「誰にも知られていないところにしばらく身を隠せないか」などと勝手なことを要求してきます。

前回はどちらかというと、〝これからお前を起訴するぞ〟という、強めの姿勢が目立った検事ですが、明らかに態度が変化しています。

これは、試されているに違いない。私はそう感じていました。

彼らにしてみれば、釈放後に私が妻と接触し、あらためてトラブルが起きることがなにより最悪。逆にいえば、私の答え次第では、安心して釈放という結論を下す可能性だってあるわけです。

つまり、検事もこちらの弁護士がつくったシナリオに乗り始めているわけで、ここが勝負どころだとあらためて実感しました。

「釈放後、1、2ヵ月くらいホテル暮らしをすることはできないの？」

ついにはそんなことを言いだした検事。ここで、「そんな無駄な出費は嫌です」などと無碍に突っぱねるのは簡単なことですが、それが勾留続行の材料になる可能性も否定できないのがつらいところ。

――そこで私は、次のように答えました。

「引き続き都内に住むことは、あまり考えていません。母が北海道で暮らしていますから、そちらに移ることも検討しようと思います」

すると案の定、検事の顔がぱっと明るくなるのがわかりました。

「ああ、身元引受人のお母さんね。それはいい。くれぐれも、釈放後もしばらくは奥さんと接触しないように。奥さんが来そうな場所にも行かないで。いいね？」

と検事は何度も念を押します。その顔は、〝何かあったら自分はまずいことになるから、頼むぞ〟と言っているようでもありました。なんというか、警察署の取調室で部長が部下の担当刑事になにもかも背負わせようとしたように、検事は私に都合の悪いことをすべて押しつけて自分の立場を守ろうとしているようでした。

これがヒエラルキーで生きる人々の思考なのだ。そう思った途端、何かを諦めたような気分になり、怒りすら湧いてこなかったのを覚えています。重荷のバケツリレーであり、〝自分が背負いそうなものは目の前にいる弱者に押しつけろ〞というのが彼らの原則なのです。

調書への押印に全力で抵抗を試みる

この日、弁護士からの事前のアドバイスに従い、供述調書の作成について私はギリギリまで抵抗を試みました。

最終的に仕上げられた文面は、一応私が話したとおりのことが書いてあるものの、どこにどういう罠が張られているのかわからないという猜疑心は払拭できません。

「見たところ、内容自体に異論はありません。でも、私にはこれが法的にどんな意味があるのかわからないので、拇印は押せません」

「内容に文句がないなら、問題ないでしょ？（拇印を）押してくれないと、いつまでたっても終われないよ」

「よくわからないまま証拠として確定されてしまったら、のちのち、私にとって不利になることもあるんじゃないですか？」

「大丈夫だってば。もしあとで何か不服が生じた場合は、これこれこういう手続きを踏んでくれれば――」

正直、検事が説明する今後の流れについては、早口でよくわかりませんでした。詳しいことは弁護士に聞くようにとも言われましたが、こちらとしては、その弁護士の指示で拇印を拒否しているのですから堂々めぐり。

しかし結局、最後はこちらが根負けするかたちで、しぶしぶ拇印を押すことになりました。

ここであまり抵抗すると、「反抗的である」とのレッテルを貼られ、釈放が延期されるリスクを感じたためです。裁判所ではとくにそうらしいのですが、こうした「心証」を気にして、公権力に対し自ら不利な立場を受け入れるしかないというのは、人権という観点からすればまさに下の下。この国はいまだに「お上の意向に従わない人間を国民とみなさない」という恐るべき暗黙の了解が存在することをつくづくと思い知らされました。

ともあれ、検事の取り調べはなんとか終了。その後は他の被疑者の取り調べが終わるのをえんえんと待ち、行きと同じように、ロープでつながれた状態でバスに乗り込みます。

数時間にもおよぶ退屈な待ち時間に比べれば、移動中というのは比較的、心安らぐひとときでした。バスを乗り降りする瞬間、少しだけ外の風を感じられるのも嬉しいことでした。留置場生活では直接太陽の光を浴びることすらままなりません。

もし、今日の取り調べの結果、もう10日間の勾留が決まるとなれば、こうした外の空気や景色がいっそう恋しくなるでしょう。

しかし、あとは運を天に任せるしかありません。

いつの間にか芽生えた「サバイバーズ・ギルト」

渋谷署に戻ったころには、すでに夕食の時間は過ぎていました。そのため検察庁から戻った私たちは、別室に集められて弁当をかっこむことになります。

そして食事の最中、警察官が今日の取り調べの結果を順に発表していきます。

「……○番、留置」

「……○番、留置」

「……○番、留置」

留置とは、勾留続行のこと。当事者からすると絶望的な宣告ではありますが、実に淡々と告げられていきます。もう10日間、この拷問めいた空間に閉じ込められるとなれば、こちらにとっては一大事。しかし、警官の口調は事務的で、その空間には奇妙なコントラストが生まれていました。

「――27番、あとでカウンターへ来なさい」

不意に、私の番号が呼ばれました。

それと同時に、「終わった……」という思いが訪れました。「留置」を告げられないこと。それが釈放のサインであることが、私にはすぐに理解できたのです。

その場で結果を知らされず、わざわざカウンターに呼ばれるのは、拘置所行きか、あるいは釈放のいずれかのケースのみ。私の場合、まず後者と見て間違いありません。

その場にいたイラン人さんが、こちらを見て「やったね」という表情でニッコリと微笑んでくれました。

じわりと胸に迫る喜び。しかし一方で、そうした感情を全力で押しとどめようとする自分もいました。一番怖いのは、釈放への多大な期待が裏切られることで、もしカウンターへ出向いて勾留続行を告げられようものなら、これまでギリギリのところで維持してきた強い気持ちが、ポキリと折れてしまうかもしれません。

それになにより、まだまだここでの暮らしを強いられるほかの皆さんの手前、おおっぴらに喜ぶこともできず、私は黙々と弁当の残りを口に運びました。

食後、いったん房に戻されたあと、すぐに警官から、「ロッカーの中の荷物をすべて出しておくように」と指示がありました。これにより、同房の人たちも私が釈放されることを察したようで、周囲に微妙な変化が起こりました。

これまでは、「シャバに出たらみんなで飲みたいね」と話すこともたびたびでしたが、いざ釈放が決まると、イラン人さんにしてもオレオレ詐欺くんにしても、「忙しいだろうから、無理しなくていいよ。元気で頑張ってね」と、どこかよそよそしい態度に豹変しました。

しかし、これは決して釈放に対する嫉妬心などではありません。彼らなりの気遣いであることが、私にははっきりと伝わっていました。

こうして釈放が決まったのも、私が本来、留置場とは無縁の人間であるからこそ。少なからず脛に傷を持つ自分たちとは住む世界が違うのだと、私の今後のキャリアを考え、自ら接点を断とうとしてくれたのです。

「先生、今回のこと、ぜひ本に書いてよ」

「ここを出たあと、べつに差し入れとかしなくていいからね」

ほかの房の面々は、出て行く支度をする私を、そんな温かい言葉で送ってくれました。

それと同時に私の心を包み込んだのは、喜びでも感動でもなく、罪悪感でした。これはいわゆる「サバイバーズ・ギルト」というやつで、自分だけが生き残ってしまったがゆえに生じる罪悪感です。

それでも、そうした気持ちにどう折り合いをつけていいのかわからず、私は言葉少なに、しかし丁重に、彼らにお礼を言って房をあとにしました。

ロッカーの中身を抱え、ほかの房の前を通りすぎる途中、あちこちから声が飛んできます。

「お疲れさまでした」

「おめでとうございます」

「元気で頑張ってね」

警察官に怒鳴られないよう、さりげなくそう言って見送ってくれる皆さんが、いずれも満面の笑みであったことが、今でも忘れられません。

いっそのこと、「けっ」と嫉妬や嫌悪の気持ちで見送られたほうが、気兼ねなく留置場を出ていけたのかもしれません。私はこの留置場生活の最後の最後に、苦しみをともに味わった人々の優しさに触れられた気持ちになりました。留置場内での情報のやりとりを厳しく禁じようとする警察をよそに、同じ苦しみに直面した人々が心理的に結託していこうとするのは、当然でもあるのです。

ずらりと並べられた携帯品の数々

そういえば、最初に同じ房にいたホームレスさんがひと足先に釈放されたとき、私も同じ気持ちになったことを思い出します。

「よかったですね。もうこんなところに来なくてすむように、頑張ってくださいよ」

あのとき、そう言って送り出したのは、紛れもない本心でした。今、自分も同じ気持ちで送り出されているのだと思うと、なんだか胸に迫るものがありました。

ともあれ、ついに釈放です。9日前、意味もわからず突然ここに閉じ込められて以来、ずっと待ちわびた瞬間が、唐突に訪れたのです。

検察庁や裁判所へ行くときなど、何度も出入りした鉄の扉。ガシャンと大仰な音をたてて開くのはいつものとおりでしたが、もう私の腕に手錠はなく、ロープでつながれてもいません。もちろん、「留QLO」と書かれたジャージ一式も、すべて返却しました。

警官に案内されるまま、留置場のひとつ上のフロアにある検査室のようなスペースにとおされると、長机の上に私の私物がずらりと並べられているのが見えました。留置場に入る前に預けた手荷物です。

すべての私物が間違いなくそろっているか、ひとつずつリストに添って、財布の中までチェックしていきます。

これで日常生活に戻れるのだという喜びは、この時点ではまだありません。むしろ、自分の足下にはまだ戦っている人たちがいて、自分だけ楽になってしまったという申し訳なさがついてまわります。

しかし、考えていてもしかたがありません。まずはここを出て、私は私の生活を一刻も早く取り戻さなければなりません。

靴を履いてその場を去ろうとしたところで、傍らの警官に呼び止められました。

「ちょっと待ってください。生活安全課の人間が話したいと言っているので、少しだけお時間をいただけますか」

そう言われて通されたのは、何度となく尋問を受けた取り調べ室でした。

つい昨日までは、こちらには人権など与えられていないかのような勢いで責めたてられた現場ですが、今は「荷物はここに置いてください。どうぞ、こちらへ」などと、手のひらを返したように丁重な扱いです。これまで徹頭徹尾、私を犯罪者と疑い、理不尽な取り調べと拷問めいた待遇を強いてきた警官たちの豹変ぶりには驚かされるばかりです。

晴れて身の潔白が証明されたかたちの私としては、渋谷署を出るタイミングで激しい怒りを露にし、その場にいる警官や刑事を怒鳴りつけることもできたでしょう。警察を訴え、国家賠償請求訴訟を起こすことも可能な立場です。彼らも少なからずそれを恐れていたに違いありません。司法の世界ではちょっとした態度にも明確な背景があり、その背景を支配しているのは、自分たちの立場を守るという原理原則であって、それ以外は何もないのです。

コーヒー、タバコに拒絶反応

そして登場したのは、いつも取り調べを担当していた刑事でした。

「お疲れ様でした。どう、タバコとか吸いたいんじゃない？」

何事もなかったかのような口ぶりに腹が立たなかったわけではありませんが、彼らの出方を観察するのも一興。私が同意すると、「じゃあ、タバコ行こうよ、タバコ」と、自動販売機の置かれた喫煙スペースへとうながされました。それは連行されてきたあの夜、最初に私が一服した場所でした。

私はそのときと同じ銘柄の缶コーヒーを買うと、プルタブを引っ張り、ぐいとひとくち流し込みました。

ところが、その瞬間に全身の細胞が拒絶反応を起こし、思わず吐き出しそうになります。まるで、これまで飲んだことのない未知の飲み物のように感じられました。タバコも同様で、この9日間のうちに、私の体は刺激物を受けつけなくなっていたのです。

デトックスされて健康体を手に入れたともいえますが、警官たちの前で弱いところを見せたくないので、私は意地になってコーヒーを嚥下し、むせ返りながらタバコをふかし続けました。本当はぶっ倒れそうなくらい視界はグラグラと揺れていたのですが……。

さんざん私に対して理不尽な尋問をしてきた目の前の刑事が、何を目的にこうして私を呼び止めたのかはわかりません。しかし、これまでと互いの立場は大きく違うのだということは、相手の態度からしても明らかでした。

私はまわる視界をごまかしながら、彼にこう言いました。

「いやあ、無事に出られましたよ。……つきましては、名刺をもらえませんか」

「え、名刺？　いやあ、刑事って異動が多いからさ、俺の名刺を渡してもあまり意味はないんじゃないかな。機会があれば係長を紹介するよ」

逃げるようなもの言いに神経は逆なでされるばかりです。

もっとも、彼らの名前はとっくにわかっていました。なにしろ初めて私の前に現れたときに身分証を見せられましたし、さらには取り調べ中に刑事が使用するパソコンに、使用者の名前が書かれたシールが貼ってあったのです。それ以外でも、公務員の姓名を調べるすべはいくらでもあります。

それよりも、ここで堂々と私に名刺を渡し、自分は職務をまっとうしただけだ、と潔い態度を示してほしかった、というのが本音でした。

妙な話ですが、留置場での生活をとおして、私を暗い気分にさせたのは、警察や検察に対する失望感だったのです。せめて少しでも、私が感心するような態度を示してほしい。そう思ったのですが、ここでも期待外れの結果に終わりました。

私はタバコをもみ消し、荷物をまとめ、いよいよ渋谷署をあとにします。

しかし、逮捕時の報道の大きさからすると、私が渋谷警察署を出る際にマスコミが殺到する可能性もありそうです。そこで事前に弁護士が警察と話し合い、釈放に際してはマスコミに情報をリークしないとの約束をとりつけてくれていました。「沖方丁釈放」の発表が、このタイミングですぐに行われなかったのは、そのためです。

私は報道の様子を知らないのでまったく現実感がありませんでしたが、これは警察にとっても渡りに船の提案だったのではないでしょうか。なにしろ、最初の勾留期間終了前に釈放されたという事実だけでも、彼らの失態を示唆するメッセージになりうるのです。彼らはどこまでも保身が第一ですから、これについては互いの利害は一致したといえるでしょう。

ただ、正式に発表もしていないのに、わりと早々に私の釈放がニュースに流れたのは、警察ではなく、検察がリークしたことが考えられるとのこと。

たとえば、「夫婦間で解消していて争いは存在しない」といったような不起訴の理由づけをし、さらにそれを強調するために、マスコミへのリークが必要だったのかもしれません。本当は世間にあまり「不起訴」を流布させたくなかったであろう警察との立場の違いが、こういうところにも表れていることは、なんだか興味深いものがありました。

ところで、2015年8月31日、月曜日に私が釈放されたときも、そして同年の10月15日、木曜日に不起訴処分が決まったときも、逮捕のときに比べ、ずいぶんと報道が下火になっていた印象です。

「もうちょっと不起訴になったことを報道してくれてもいいのに」とやや不満に思わないでもありません。私がそう愚痴をこぼすと、お世話になったふたりの弁護士のうちひとりが、「こんなに早く事件が風化するのは人徳のたまものですよ」と言ってくれたのですが、もうひとりからは、「もともとこんな件、報道に値することはなにもないですよ」と、ばっさり切り捨てられたものでした。

さておき、いよいよ渋谷署を出ようかというタイミングで、生活安全課の警官がふたりやって来て、私にこう要求してきました。

「奥さんが知らない場所で生活して、最低でも半年間は家族と接触しない、という念書を書いてもらえませんか」

なんとも勝手な要求ですが、迎えに来てくれていた弁護士にその場で相談したところ、意外にも「あとで役に立つから、書いておいていいと思いますよ」とのこと。要は、この念書を交わすことが、〝私は警察の言うことに従順で迷惑をかける人間ではない〟という物的根拠になるのだそうです。

これもまた、利害の一致といえるのでしょう。私がすんなり念書を書いた際の、警官たちのどこかほっとした顔が、じつに印象的です。もしかすると彼らこそ、最初に妻との間で「作文」を行った人たちだったのかもしれません。なんであれ、彼らはその重荷を背負うことなく、目の前にいる私にまとめて投げ渡したのでした。

担当弁護士に聞く 冲方事件の疑問

その8

Q 弁護士の視点から見た冲方さんは、どのような依頼者だったのでしょうか？

A 多くの依頼者は、逮捕という状況に混乱しているものですが、冲方さんは最初から状況をしっかりと整理されていた印象です。アクリル板越しの状況であっても、ちょっとした冗談が飛び出し、よく笑う。今にして思えば、そうやって勾留によるストレスを発散していたのかもしれません。冷静で頭のいい人であると感じました。

また、語弊を恐れずに言えば、刑事事件の依頼者は、たいていひとつやふたつ、私たち弁護士に対して「小さなウソ」をつくものです。事実を自分に有利に説明したり、不利な事実を隠そうとしたりすることもあります。頼る相手がほかにいないため、少しでも良く思われようという思いもあるのかもしれませんし、弁護士とはいえ他人にありのままを話してよいのかという不安は誰にでもあるはずです。置かれている状況を考えれば、やむを得ないことです。

これに対して、冲方さんは最初から最後まで言いぶんが変わらず、これほど言いぶんが一貫している刑事事件の依頼者は珍しいと思います。「小さなウソ」すらなかったのではないでしょうか。弁護士にすべてを委ねることが最善だという判断は、簡単そうに見えて、そう簡単なことではありません。（水橋）

第9章 監禁から軟禁へ

ついに釈放！ 渋谷署を後に

正直なところ、弁護士から「もう起訴は100パーセントありませんよ」と言われても、すっかり疑心暗鬼になっていた私には、まるで安心材料にはなりませんでした。

みるみる形勢が良くなっていることを自覚しつつも、内心ではもう10日間の勾留もあり得るものと考えるように心がけ、次に備える気持ちを整えていました。

なにしろ近年の警察にとって、DV容疑は重要案件。まして、法律というのは基本的に弱者の味方ということになっています。警察も検察も自分たちが正義であることをアピールするためにも、とりわけ子どものいる母親に対して肩入れするのが常です。それ自体は当然だと思いますが、これほど馬鹿げた状況に陥った私には、何の肩入れもありません。むしろいつでも私のような人間はスケープゴートにされかねない、というのが、階級主義に慣れた警察や検察の態度から悟ったことでした。

余談ではありますが、2015年10月にコカイン等所持の疑いで逮捕されたアイドルの方が早々に釈放されたのも、取り調べの最中に妊娠が発覚したからだといわれています。万一、留置場内の劣悪な環境下で流産でもしようものなら、それこそ大問題。責任を負わされることをなによりも嫌う彼らにとっては、さっさと釈放を決めるのが無難なわけです。

しかしもちろん、男性である私にそうしたケースが当てはまるはずもなく、勾留延長は決してあり得ないことではないのだと、私は自分に言い聞かせるようにしていました。これほど入念に警戒心を強めていたのも、今にして思えば、やはり普通の精神状態ではなかった証なのかもしれません。

しかし、そうした予防線も杞憂に終わり、本当に釈放されるときがやってきました。

9日間の拘束を経て、私の心身は極端に疲弊しきっており、思考力が著しく低下した状態にありました。正直なところ、自分がどこまで正しい判断を下せるのか自信がなく、「訴えることはいつでもできる。まずは一刻も早くここから出よう」と考えるだけで精いっぱいの状態でした。

手荷物を引き取り、ひととおりの手続きを済ませると、署の玄関まで刑事が丁寧に案内してくれました。そこに、僕の担当弁護士のほか、KADOKAWAの編集者ふたりが迎えに来てくれたことで、私は自分が大丈夫であることを示すため、大きな笑い声をあげました。

周囲を見回し、念のためマスコミの姿がないことを確認した警官にうながされ、用意されていたタクシーに乗り込む私たち一行。タクシーはこの9日間のことなど何もなかったかのように、あっさりと明治通りを進んでいきました。ついに、渋谷警察署の外に出ることができたのです。

タクシーの行き先は、千代田区内の某ホテル。まさか妻の住む自宅に帰るわけにもいきませんから、KADOKAWAの編集者が事前に部屋を押さえておいてくれました。

この移動中の心境というのは、なんとも言えない複雑なものでした。ついに釈放された喜びよりも、まだ戦いは続いているのだという警戒心、さらにはすべての不安から目を背けてとにかく休みたいという疲労感もある。少なくとも、無条件に解放感を満喫するような気持ちにならなかったことだけは確かです。

不起訴確定までの耐え忍ぶ日々の始まり

ホテルに到着すると、母親が待機していました。北海道在住の母もまた、同じホテルに部屋を押さえ、私の「帰り」を待ってくれていたのです。

もともと実家に小まめに顔を見せるタイプではないので、ガラスを挟まない状態では、久しぶりの対面でした。

「お疲れさま。大変だったけど、まあ、いい経験だったんじゃない？」

母はあっけからんとした様子でそう言いました。確かに、めったにできない経験をしてしまった感はあります。

「いやあ、ひとまず終わったよ。とりあえず解放されてホッとした。いろいろ面倒かけちゃってごめん」

「いいのよ。バカでかい厄落としだったと思いなさい」

意外というか、お互いにわりとスッキリした表情で、そんな会話を交わしたことを覚えています。

そして積もる話もそこそこに、弁護士を交えて今後のことに話題は移ります。

弁護士からはまず、最低1週間はこの部屋から出ないようにと、厳重に指示を受けました。釈放されたからといって、呑気にふらふらと出歩いてマスコミと接触しようものなら、それすら警察からはトラブルの元と見なされかねません。

弁護士の立場からすると、この後の戦いに備えてまだまだ気を緩めることはできないわけです。とにかく外出は最低限にとどめ、必要な買い物などもできるだけ誰かにお願いするよう命じられました。

なんだか、見ようによっては監禁から軟禁に変わっただけのような気もしますが、もちろんホテルのベッドは留置場の布団とは比べ物にならない快適さ。今はとにかく、ふかふかの布団で、照明を消して眠れる環境に戻れたことが、最高の贅沢に思えてなりません。

また、不起訴処分が出るまでは、この件に関する一切の行動を慎むことも、あらためて念を押されました。

今後、決めなければならないこと、動かなければならないことは山積みですが、不起訴が確定するまではすべて保留し、先送りするのが得策であると弁護士は言います。本当は当面の住まいの確保や、仕事場の引っ越しなども考えなければならないのですが、これもしばらくは保留です。こうしている今も家賃が発生しているわけですから、もったいない気持ちもありましたが、「引っ越しのような目立つ行動は藪蛇にしかならない」と言われれば、納得せざるを得ません。

そんな調子で、この夜は今後の方針をひととおり確認したわけですが、弁護士によれば、不起訴処分というのはなかなかすんなり出るものでもないようで、下手をすれば数ヵ月ほど待たされることもあると言います。

なぜなら不起訴とは、検察にしてみれば上の決裁を仰がなければならない大事で、ビジネスにたとえて言うなら、「プロジェクトを動かし始めたものの、失敗しました」と、上司に報告しなければいけない作業と同義です。

基本的に出世を第一義と考える彼らのメンタリティからすれば、これほど気の進まない手続きはないでしょう。

テレビや新聞などであれほど大々的に報じられた一件を事件化できないとなれば、当然、上司から「なんで起訴できなかったんだ」「どうしてこんな事態になったのか説明しろ」などと、ネチネチ言われることもありそうです。

おかげで手続きは後回しにされ、弁護士の見立てでは下手をすると、年度末ギリギリまで引っ張ることもあり得るだろうとのこと。

3月末まで待たされるとなると、実に7ヵ月にわたって心が落ち着かない日々が続くというのですから、当人としてはたまったものではありません。

今後は弁護士が検事に催促し、プレッシャーをかけ続けることになりますが、その間、私にできることといえば、とにかく沈黙し、警察に対して一切の落ち度を見せないことのみでした。

こうした一連の確認事項をよく噛み締めながら、この夜は早めに寝床につきました。しかし、灯りを消した瞬間に開放感を覚え始め、軽い興奮状態に陥ってしまい、結局あまり眠れませんでした。

なにしろこの9日間、すべてのことがストップしてしまっているのです。

仕事にしても、生活上の手続きにしても、このあとの引っ越しの準備にしても、処理しなければならないことが山積しています。そこに思いを馳せると気持ちがはやるばかりで、まるで寝つけなくなってしまいました。

仕事部屋に現れたマスコミに遭遇

それでもうつらうつらとしながら迎えた釈放の翌朝。小説を書くにしても何にしても、まずは作業環境を取り戻さなければなりません。なにしろ私は、10日前のイベントに出かけたときの荷物しか携帯していないのです。

資料やパソコンなどは、すべて青山の仕事部屋に置いたままの状態です。これからしばらくホテル暮らしを続けるにしても、一度、仕事部屋に着替えや仕事道具を取りにいかなければなりません。

しかし、警察や検察から妻との接触を固く禁じられている現状、自宅周辺に顔を出すのはちょっと憚られます。もしかすると、マスコミだって張り込んでいるかもしれません。

そこでこの日、KADOKAWAの編集者A氏にお願いし、仕事場に必要最低限の荷物を取りにいってもらうことになりました。

カギを預け、部屋の中に入ったらフェイスタイム（テレビ電話アプリ）を使って室内を映し出してもらいながら、「机の上のノートパソコンを」とか、「あの棚のどの資料を」などと指示を出し、当面必要な荷物をすべて回収してもらうのです。

ただ、この日はタイミングが悪く、マンションにインターフォンの工事が入っていました。そのため、いつもはオートロックで施錠されていたエントランスが、一時的に開放されていました。そこに某新聞社の記者がやってきてしまい、編集者と鉢合わせとなったのは、アクシデントとしかいいようがありません。

記者は私の仕事場から出てきたA氏の姿を見つけると、すぐに近づいてきて、「冲方さんの関係者の方ですか？」「冲方さんは今どこにいらっしゃるんですか？」などと質問を重ねてきたそうですが、突然のことでA氏はパニックに。

何を聞かれても「知らぬ存ぜぬ」でとおしはしたものの、どう対処していいかわからず、とりあえず名刺を交換してその場をしのいだとのこと。しかし、これがのちに弁護士から大目玉を食らうことになりました。

「迂闊に対応して、そこでまた何か妙なトラブルに発展したら取り返しのつかないことになりますよ！　そもそも、相手が本当に新聞記者である保証がどこにあるんですか？　何があってもガン無視するのが鉄則です」

そうどやしつけられ、ションボリするA氏の姿に、なんだか私用を押しつけた私のほうまで申し訳ない気持ちになったものです。

ともあれ、そうした周囲の尽力のおかげで、ひとまず最低限の仕事環境をホテルに構築した私。なにしろノートパソコンはおろか、スマートフォンの充電器すら持ち合わせていなかったので、これは大助かりでした。

そしてまず手をつけたのは、各方面への連絡作業です。騒がせ、迷惑をかけたお詫びと、釈放を報告するメールを送り続けました。

果たして、閉じ込められていた9日の間に、世の中がどう動いていたのか。今ひとつピンとはきませんでしたが、とにかく生存報告がてら、こちらがアクションを起こすことが優先だと考えました。

ブログで釈放報告。ただし……

それから、私の公式ブログにも、次のような声明文を掲載しました。そのまま全文を転載します。

《このたびは世間をお騒がせし、また各方面に多大なご迷惑をおかけしてしまい、心よりお詫び申し上げます。全て己の不徳の致すところであり、反省の念に堪えません。

一部報道にもあるように、昨日無事に釈放されました。

私の主張は、当初の報道より変わりありません。

今後とも皆様からご支援をいただけますよう、公人としてのみならず、私人としても、精進して参る所存です。

重ねて、関係各位にお詫び申し上げますとともに、皆様の冷静なご対応に深く感謝いたします》

この声明文については、「もっとはっきり無実をアピールするべきだ」という声も多々いただきました。これでは、ただ釈放された事実を報告しただけで、身の潔白は伝わらないというのです。それも、ごもっともかもしれません。

しかし、これは弁護士からの指示に従った文章でした。こうしたケースでは、感情的な文言は一切入れないのが鉄則なのだそう。なぜなら、事務的な文言に徹しなければ、警察やマスコミに揚げ足を取られる可能性があるためです。

大前提として、私はまだ釈放されただけであり、不起訴の確定を待たなければならない身分です。

つまり警察からしてみれば、何か理由があれば、いつでも再逮捕に踏み切ることが可能な要注意物件です。まして警察や検察にとって、不起訴で終わるのはなるべく避けたい事態。妻、もしくは悪意のある第三者が新しいシナリオを考え出せば、私は再びあの居心地の悪い留置場に逆戻りすることだってあり得るのです。

実際、ちょっとでも隙を見せれば、再び何者かに襲いかかられるであろう不安を、釈放後もしばらくは感じ続けていました。妻の立場を想像してみれば、私をもう一度閉じ込めることで、金銭的な条件をつり上げようと考えてもおかしくはありません。

だからこそ、少なくともこの段階においては、一分の隙もない文章をつづるほかなかったのです。それは同時に、私が巻き込まれた法律ゲームが、まだ終わったわけではないということを実感させられる作業でもありました。

そのため今はまだ、とにかく波風を立てず、水面を滑らかに保っておくことで、魚影を見えやすくしておくのがベター。

もし、これが単なる妻のヒステリックな衝動で起きた事態ではなく、妻に入れ知恵をしている第三者が存在するのであれば、こちらが沈黙することによって、少しでもさざ波が立った瞬間にそれを捕捉することができます。

釈放によってすべてが解決したわけではなく、これは新たな戦いの始まりでもありました。

担当弁護士に聞く
冲方事件の疑問

その9

Q 今回の逮捕勾留の期間は9日間。より早期に釈放されるためには、何が必要だったのでしょうか？

A 早期の釈放が第一の目的で、そのためにできるかぎりのことをやりました。これはあくまで一般論ですが、被害者が存在する事件では、被害そのものがなかったと判断されるか、被害者が納得するか、どちらかがあれば、早期の釈放の可能性が高まります。その意味では、無罪の証拠の発見や相手との和解が、釈放の可能性を高める要素にはなるでしょう。

ただ、被害者との間で何らかの合意が成立したとしても、検察官が引き続き捜査が必要であると判断すれば、釈放も先延ばしになります。一方、無罪の証拠が発見されれば、即座に釈放ということになります。
（小松）

第10章　不起訴処分

争うべき相手は誰なのか

釈放の報告は、ブログやツイッターだけで行うことにしようと、あらかじめ弁護士と決めていました。

記者会見などは行わず、当面はできるだけマスコミの前に姿を見せることを避け、余計なコメントは表明しない。事務的に釈放された事実と、こちらの主張が当初から一貫して変わらない旨だけを端的に発表することで、無用なトラブルを避けて通常の業務に一日も早く回帰することを目指すのです。

そもそも9日間も俗世間から隔離されていたおかげで、世間が今、冲方丁に対してどう言っているのか、どう思っているのか、皆目見当もつきません。

冲方丁という人間に対して悪意を持つ人が、ここぞとばかりに何か仕掛けてくるのか、それとも対策など必要ないのか、見きわめねばなりません。

弁護士はそのためには、最低限の報告に徹するべきだというのです。

もしこのあと、何らかの法的措置に尽力しなければならないのだとすれば、私が対抗すべき相手が誰なのか、明確にしておく必要があります。

その意味では、弁護士サイドもマスコミ対策には余念がなく、この件について、どのメディアがどのような報じ方をしていたのか、つぶさにチェックしてくれていたようです。もしも事実無根な内容を掲載し、いたずらに私を貶めるような記事があれば、名誉毀損を理由に提訴する選択肢も十分にあり得たでしょう。

ただ、私としては積極的に誰かと争いたいわけではありませんし、いたずらに名誉をリカバリーしようとして、かえって傷口を広げるようなことは避けなければなりません。

大事なのは何があっても常に平常心を保つこと。激情におぼれないこと。留置場内にいるときと同じで、戦いは終わっていない――。

そう腹をくくって釈放直後の日々を過ごしていたものの、これについてはやや肩透かしを食らった気分になりました。というのも弁護士いわく、私を取り巻く環境や世間の反応は、「こうしたケースにおいては、考え得るかぎり最善の状態」なのだそう。つまり、私の釈放について悪意ある報道を行ったメディアはほとんどなく、着実に事件は風化の方向へ向かっているとのこと。これは幸いなことでした。

「今回の釈放を報じているメディアは、どこも皆、警察や検察の発表をそのままペタペタと貼り付けたような記事ばかり。揚げ足の取りようもない状態です。あまり気にする必要はないでしょう」

そもそも、メディアにはメディアなりの予防線があります。報道は明確な情報に特化すべきであり、警察の言うことをそのままコピーするというのは、その点ではあながち間違ってはいません。

ジャーナリズムや表現の自由という意味では消極的かもしれませんが、真実を追及しようとして、かえって空想を並べ立て、わざわざ名誉毀損のリスクを背負う記事を書く意味は、彼らにとってもまったくないのです。

こうなると、こちらが自ら騒ぎ立てて身の潔白を主張するよりも、この事件が風化するのを待つのが得策だというのが弁護士の見解でした。

「状況を考えれば、この事件が人々の記憶から消えるスピードは相当に速いとみます。下手なマスコミ対策や記者会見はむしろ逆効果でしょう。現状、黙っていても冲方さんの味方をする人が大勢いるわけですから、反応せずに静観すべきです」

私はこの助言に、全面的に従うことにしたのでした。

事件が仕事におよぼした影響

実際問題として、私が誰かの恨みを買っているからこのような事態に陥ったのかといえば、おそらくそうではありません。今回の事件は、あくまでも夫婦間の問題です。

妻に法的な知識を入れ知恵する人間がいたとしても――いないと辻褄が合わないのですが――それは、あくまで夫である私に対し、金銭面をふくめ何らかの利益を得ようとしたためにすぎず、何者かが一計を案じて私の名誉を貶めようとした事実はないでしょう。

ただ、エンターテインメント業界とは、まさしく生き馬の目を抜く世界。アニメであればスポンサーや人材の奪い合いというのは、日常的に展開されていることです。それは健全な競争ではありますが、ある意味では潰し合いでもあります。

そんななか、今回の一件は紛れもなくウイークポイントで、シナリオ担当の私にＤＶ、逮捕といった報道がなされたことで、腰の引けたスポンサーだっていたでしょう。とりわけ公共に関わるプロジェクトにおいては、関係者に多大な迷惑をかけてしまいました。

また、審査員を務めることが決まっていた某新人賞の主催者からは、「今回は降りてほしい」と丁重にお断りがありましたし、某アニメーション賞で内定していた個人賞は、取り消しが決まりました。後者については、対象となった作品の作品賞は予定どおり授与されていますから、私としても異論はありません。

ただ、一介の裏方にすぎない物書きが、有罪判決を受けたわけでもないのに、こうしたあおりを食わなければならない現実には、大いに違和感を覚えます。

おそらく、脚本を書いた私がたまたま本屋大賞などを受賞していた小説家でなければ、これほど騒動が大々的に報じられることもなく、周囲に迷惑をかけることはなかったに違いありません。

ところが、不本意にも事件が問答無用で世間に周知されてしまったことで、あたかも私が政治家か芸能人のような扱いを受けることになり、さまざまな方面に多大な影響をおよぼすことになったのは、残念でなりません。

とはいえ仕事への影響は、思いのほか狭い範囲にとどまったことは幸いでした。新人賞の審査員の件も、報酬だけは通常どおり支払われ、「働かずにお金だけもらっちゃったなあ」と恐縮したものです。

事件前に講演依頼をいただいていた某大学は、逮捕報道があった後も、何ごともなかったかのように「往復の旅費はどう処理すればいいですか?」と事務連絡をくれました。

今回の騒動が耳に入っていないはずがありません。それでも私を信じ、「問題なし」と判断してくださったのでしょう。すべての出版社が同様に判断してくださり、文芸誌の連載はいつもと変わらず、私が関わったアニメも予定どおり放送されました。

弁護士の言う「味方」とは、私を信じつつも、それ以上に、作品を世に送ることに尽力してくださった人たちにほかなりません。そして私にとってまさに最大の「味方」となったのは、〝ぶっちゃけ冲方がどうだろうと、どうでもいいから作品の続きを早く出してくれ〟と、あくまで作品に対する愛情を保ってくださったファンの存在であったのです。

房内の仲間にこっそりと差し入れ

ところで、釈放後、最初に口にした食べ物はハンバーグでした。編集者が近所のコンビニで買ってきてくれたものですが、見るからにカロリーの高そうな食事は実に久しぶり。本来であれば涎があふれるところでしょうが、肉汁とデミソースののったハンバーグを見ただけで正直なところ吐き気をもよおしました。

それでも栄養をとらなければと思い、無理をして口に含みます。……が、やはりブランクの影響か、まるでお腹に入っていきません。

美味しいし、食欲もあるけれど、すぐにお腹がいっぱいになってしまいます。こうした濃い味の食事に対する免疫がすっかり低下しており、体が受けつけないのです。

これは酒もタバコも同様でした。せっかく自由に喫煙できる世界に戻ってきたのに、ひと口吸えばむせ返り、紫煙が肺に入っていきません。お酒も焼酎をちびちび口に含んでみましたが、あっという間に体温が上がり、酔っ払ってグラグラと視界がまわる始末。無理にひと息に飲み干せば、そのまま昏倒してしまうでしょう。

それでも不思議なもので、「いい機会だからこのまま禁煙、禁酒しよう」という考えは、微塵もありませんでした。むしろ、これではいけない、可能な限り早く肉体的にも日常に回帰しなければならない、それが目標のひとつになっていました。変な話ですが、「不健康な生活」だろうとも、理不尽に奪われたものはすべて取り戻してやるという思いが強かったのです。

湯船を独り占めできるのも、日常に戻ったことを実感できるひとときでした。時間に追い立てられることなく、だらりと手足を伸ばして何十分でもお湯につかっていられるのは、留置場生活ではあり得ません。調子にのってタバコを吸いながら湯船につかってみたりもしましたが、これはグラグラして長続きしませんでした。

とにかく、体力を取り戻さなければいけない――。3日間のホテル暮らしでまず心がけたのは、これからの仕事に備えた体づくりでした。

また、ホテル暮らしとはいえ自由な日常を取り戻しつつある過程で、どうしても気になってしまうのが、まだ留置場のなかであの不便な生活を強いられている仲間たちのこと。

さまざまな励ましやアドバイスをもらったのに、今こうして自分だけが安楽を取り戻していることには、罪悪感を禁じえません。彼らのことを思うと、せっかく照明を消して眠れる環境を手に入れたのに、まるで寝つくことができなくなってしまいます。

そこで、せめて何か彼らの役に立てないかと、釈放から3日目くらいに、コンビニで雑誌を何冊か買ってきて差し入れをしました。

留置場には差し入れ受付用の住所が公開されているため、誰でもなかに物品を届けることができます。ただし、同じ留置場内にいた者同士がこうして差し入れをするのは、警察に警戒されることだと後で教えられました。というのも、釈放された側が協力し、脱走などを企てる可能性がないとはいえないからです。

それでも、留置場内の「仲間たち」が望むことに少しでも貢献してやりたいし、彼らの不便や不満をささやかにでも解消してあげたい。そんな思いは拭えませんでした。長期にわたる同房生活は、こうして心理的にも少なからぬ影響をおよぼすのです。留置場で出会った人々が、釈放されてのち束縛的な関係に陥っていく可能性があるのも、そもそも理不尽にもほどがある生活になんとか耐えるため、目の前にいる人間との結束をうながしてしまうからです。これまた警察が恐れる「報復」と同じように、彼らが自ら作り出す悪徳だといえるでしょう。

他方、目前には連載作品の締め切りなどが大挙して押し寄せています。

なにしろ事情が事情ですから、連載を一回休んだり、スケジュールを組み直したりすることも、交渉次第では可能だったのかもしれません。しかし、このときの私は、〝なにがなんでも締め切りに間に合わせてやる。一本も落とすものか〟という強い決意でパソコンに向かっていました。

思えばこれは、福島在住時代に東日本大震災に被災したときとまったく同じ心理で、こんな理不尽な状況に負けてなるものか、という反骨心が、釈放されてのちも私を駆り立てていたのでした。

ついに下された「不起訴処分」

ありがたいことに、釈放後の最初の3日間のホテル代は、KADOKAWAが負担してくれました。

しかし、差し当たっての着替えや日用品、仕事に必要な小道具を買いそろえたり、仕事部屋に荷物を取りにいってもらうためにスーツケースを購入したり、コンビニや牛丼屋でご飯を買ったり、さらに母の宿泊代（こちらはもちろん自分で支払いました）など、突然のホテル暮らしにはさまざまな雑費がかかります。身に覚えのない理由で突然閉じ込められ、さらにこうした出費を強いられることに腹立たしさもありますが、コスト面を考えても、このままいつまでもホテルで生活するわけにはいきません。そうかといって自宅に戻る選択肢もないわけですから、なるべく早く、次の住処を探す必要がありました。

この問題は母親と相談した結果、少年時代にネパールで生活していた当時、家族ぐるみでお世話になっていた知人宅に身を寄せることになり、ひとまず解決。すぐにそのためのアメニティや仕事の資料などを、ひととおり買いそろえました。

こうした諸経費の一切合切を考えると、結局、今回の理不尽な逮捕によって発生したコストは、釈放から最初の1週間だけでも30万円前後かかっているはず。決して安い金額ではありませんが、日常を取り戻すための必要経費だと割り切るしかありません。これもまた、震災から日常を取り戻そうと苦悶したあのときの状況を想起させます。

私がこうして生活基盤を整えるために奔走していた頃、弁護士は不起訴の確定に尽力していました。

必要な書類をまとめて提出し、毎日のように検事に電話を入れて状況をチェックし、催促する。弁護士としては、なんとしても9月中に不起訴を確定させたいようでしたが、果たして正式に不起訴処分が確定し、晴れて私の身の潔白が証明されたのは、10月21日、水曜日のことでした。

ただ、実はこれは、私や弁護士のもとに報せがきたわけではありません。私は弁護士からの電話で不起訴となったことを知りましたが、弁護士もまた、その決定を、なんとテレビのニュースで見て初めて知ったのだそう。

検察というのは私たち当事者には連絡を寄越さなくても、マスコミに対するリークは行う組織のようです。いちいち納得いきませんが、そういうものなのだと割り切らないと、アメージングワールドで生きている彼らとはつきあえません。

ともあれ、弁護士はニュースを見るとすぐに、検察に告知書を請求してくれました。その書類を誌面上で公開します。

「掲載すると検事は怒るでしょうねえ」とは弁護士の言ですが、はっきり言ってなぜ怒るのかよくわかりません。公的書類を公表してなにが悪いのでしょうか。しかも私の身に関する書類なのですから、怒られる筋合いもないでしょう。

さておき次のページをご覧のとおり、なぜ不起訴となったのか、理由については一切書かれていません。味も素っ気もないペラ1枚の書類です。

しかし、このペラ1枚の効力は絶大。私はこれによって、一連の顚末をこうして自由に発表することができるようになりました。関係者にその旨を通達し、連載以外の、一部のペンディングされていた仕事をふたたび動かし始める準備をします。

このとき、弁護士から口を酸っぱくして言われたアドバイスは次のようなものでした。

「不起訴になったからといって『ヤッター！』と派手にはしゃいだり、飲み明かしたりするこ

様式第１１３号（刑訴第259条，規程第73条）

不起訴処分告知書

平成２７年１０月２１日

被疑者　[redacted]
上記弁護人　弁護士　水橋　孝徳　　殿

東京地方検察庁
検察官　検事　[redacted]

貴殿の請求により下記のとおり告知します。

記

被疑者　[redacted]　に対する　傷害　被疑事件については，平成２７年１０月１５日，公訴を提起しない処分をしました。

平成２７年検第２５８５２号

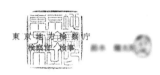

とは控えてください。日本人の国民性からすると、不謹慎はやはり罪です。沖方さんの行動を見た誰かが『不謹慎だ』と言い始めると、そこからあたかも有罪であるかのような空気が生まれてしまいます。警察がふたたびそこにつけ込んでリベンジに乗り出す可能性だって、ゼロではありませんから」

外でお酒を飲むときはなるべく顔を隠すように、とも言われました。まったくもって不条理だ、と腹を立てたときです。

私は初めて、「そうだったのか」と意表を突かれる思いを味わいました。誰かが『不謹慎だ』と言い始めることで警察がつけ込む可能性が生まれる――つまるところ、警察の行動原理の最も根底にあるのは、「国民が望んでいる」というエクスキューズなのです。

警察の優先順位について留置場内で教えてもらったことをそこであらためて思い出していました。あるいは、メディアが流布する誤った警察像についても。警察がアメージングワールドの入場ゲートの役を担っていることも。国民感情を巧みに利用するのが司法組織である一方で、国民もまた、司法組織というものに「けしからん」「許せない」「我慢できない」「我々をもっと安心させろ」といった、負の感情を背負わせているのです。

言ってみれば国民的な負の感情のリサイクル・システムであり、私を訴えながら訴えていないという妻も、いつの間にか遠い場所に来てしまった私も、その国民の一部なのです。そして結局のところ、私は、たまたまそのリサイクルの渦に放り込まれたひとりであった、ということなのでしょう。

人目を気にしてホテルの窓辺で缶ビールを飲みながら、私は道ゆく人々と街の灯りを眺め、自分が背負わされた重荷について考え続けるうち、笑いが込み上げてくるのを覚えました。苦々しい思いに支配されないようにするには、笑い飛ばすのが最適だと、ほかならぬ留置場体験で学んだからです。

私は、窓の向こうにあるすべてのものに向かって、声をあげて笑っていました。

担当弁護士に聞く
冲方事件の疑問

その10

Q 今回の事件を担当した検察官は何をもって「ハズレ」だったのでしょうか？

A 検察官にも「アタリ」「ハズレ」は確かにあります。今回の担当検察官は、率直にいうと、「ハズレ」に属する印象がありました。

なんといっても判断が遅い。釈放に向けてもそうですし、釈放後になかなか処分を下そうとしなかったことも、やはり「ハズレ」との印象を強くした要因です。8月末に釈放されてから、その後、私たちが弁護人として何度も事情を説明して早期処分をするよう催促をしているにもかかわらず、10月半ばまで終局処分を引っ張られたのは、少々残念なことでした。

また、これは冲方さんからの伝聞になりますが、こちらの言いぶんに、まともに耳を傾ける素振りがなかったようです。被疑者の言いぶんを真摯に聞いてくれる検察官というのは少数ではあるのですが、今回もまた、DVが事実であったという前提を崩そうとしない検察官だったようです。そういう検察官に当たって、取調室の中で冲方さんも苦労をしたはずです。（水橋）

第11章 社会復帰

埼玉県内の知人宅に身を寄せる

晴れて不起訴処分を勝ち取ったものの、それを派手に喜べる状況ではありません。へたにはしゃいで口数を増やすと、結果的にどういう揚げ足を取られ、どのような藪蛇になるかわからないのが法律ゲームの恐ろしいところ。なにしろ警察という組織は、その気になればまたいつでも難癖をつけて私を逮捕することができるのです。

逆にいえば、余計なことさえしなければ、なにもできないのが法律というものでもあります。つまりこれは、いかにして相手の手札を減らしていくか、というゲームでもあるのです。その意味で最強の戦術は「黙ること」といっていいでしょう。

私の体験を聞いた人から、たまに「もし自分も突然、無実の罪で逮捕されたらどうすればいいですか?」とアドバイスを求められることがありますが、「ひたすら黙秘」というのはひとつの正解でしょう。取り調べ中、なにを言われようとも一切の供述をしなければ、警察は調書を作ることすらできないのですから。

そして、「余計なことをしない」というのは、妻や家族はもちろん、自宅や仕事場に近寄らないことも含まれています。

せっかく留置場から出られたのに仕事場に戻れないのは不便きわまりない状況ですが、ばったり妻と顔を合わせてひと悶着……ということにでもなろうものなら、釈放後のトラブルをなによりも恐れる警察は、目の色を変えてふたたび私をマークするでしょう。やはり、今はひたすら沈黙を貫くのがベストといえます。

そこで、極力人目につかず、家族と偶然の接触が起こる可能性が低く、安心して身を寄せられる場所として、私は母と相談したとおり、埼玉県の知人宅に居候させてもらうことにしました。少年時代、亡き父の仕事の都合でネパールで暮らしていた頃、家族ぐるみでおつきあいをさせていただいていた日本人ファミリーのお宅です。

昔から懇意であるとはいえ、いきなり他人の家に居候させてもらって、腰を据えて仕事ができるのかと思う人もいるかもしれません。しかし、幼い頃から海外で暮らし、しばしば居候生活を経験してきた私は、意外とこうした生活環境の変化には慣れがあります。思えば留置場での生活も、不便と不条理を感じながらもわりとすぐに順応できたのは、こうした生い立ちのおかげだったのでしょう。

ともあれ、周囲のサポートを心からありがたく感じつつ、私は少しずつ社会生活を取り戻していきました。

なお、東京都港区内の仕事場には、着替えなどの生活用品をはじめ、仕事の資料などがすべて残ったままでしたが、それらを手元に置けるようになったのは、釈放から2ヵ月以上もあとのことでした。

社会復帰へ向け友人からサポート

知人宅に身を寄せていたのは2ヵ月ほどの期間でした。そしてこの期間は、アニメの現場、小説の現場、イベントの現場、とにかく行く先々で留置場での生活を語る日々でもありました。誰もが今回の顚末に興味津々で、それだけ大きなニュースだったのだなと、あらためて実感させられもします。

今回の騒動、そしてようやく釈放された事実は、仕事関係者にもすぐに知れわたっていました。あるとき、アニメのアフレコ現場に顔を出した際などは、音響監督が「冲方さんが帰ってきました―！」と一声を発し、その場のスタッフの皆さんが拍手と歓声で迎えてくれたこともありました。

そして、たいていの現場では、事件の顚末や留置場での生活について、質問攻めが始まります。周囲が自分の話に熱心に耳を傾けるのを見ていると、自分がいかに稀有な体験をしたのかがよくわかります。

「一連の顚末については近々、手記としてまとめたいと思っているんですよ」というと、「やはり、作家ってたくましいものなんだね」と、妙に感心されたりもしました。実際、留置場での生活を体験取材と考えれば、本来は望んでも実現できない貴重な機会だったといえるのかもしれません。

また、中学時代の友人たちが集まり、慰労会を催してくれたこともありました。幹事役の友人がマスコミ対応策の一環として、個室があって裏口からも出入りできる店をリザーブしてくれるなど、どこかものものしくスリリングな時期ではありましたが、私としても気の置けない友人たちに思いの丈を目いっぱい吐き出せる機会が得られたことは、なによりの気晴らしになりました。

この時期、とにかく周囲にいろんなかたちで助けられたことが思い出されます。

日頃からSNSなどで応援してくれているファンの存在も、精神的に大きな支えとなりました。例えばツイッターのフォロワー数を見ても、逮捕前と逮捕後では数はほとんど変わっていません。

もちろん、離れてしまったファンはゼロではないのでしょうが、事件報道を見ても、変わらず作品を愛し、応援してくれた方が大勢いたことを心底嬉しく、ありがたく感じています。

そうした周囲のサポートによって、結果的に私は連載中の小説や、脚本を手掛けるアニメなど、すべての作品を納期に間に合わせることができました。9日も閉じ込められていたのに、これは奇跡といってもいいでしょう。

もっとも、こんなアクシデントがあったのに、蓋を開けてみればどの編集者も1日たりとも締め切りを延ばしてはくれなかった、という事情もあるのですが……。

逮捕後、初めて公の場に登場

8月末に釈放されてから、私が公の前に初めて姿を見せたのは、2ヵ月後の10月末。東京・上野で催された「冲方サミット」の場でした。

この冲方サミットとは、出版社の担当編集者やアニメ関係者などを数名集めて登壇するファン向けのトークイベントで、数年前から継続的に催してきたものです。日頃から私の作品を楽しんでくれているファンが毎回大勢集まってくれて、時にはお酒を飲みながら、ゆるゆると壇上でトークを行います。

思えば今回の事件は、8月の冲方サミット開催直後から始まっています。イベント後、打ち上げの席に刑事が突然やってきて、そのまま問答無用で渋谷警察署へ連れていかれたのが発端でした。

それを思えば、こうしてふたたび冲方サミットに登壇できるようになったことは、なんだか感慨深いものがあります。

ただし、イベント出演にあたって弁護士からは、「とにかくマスコミの応対は避けること」という指示がありました。「一切、ノーコメントを貫くように」と。

実際、この冲方サミット開催にあたり、主催者にテレビ局などからいくつか問い合わせがあったようですが、関係者のはからいでマスコミは一切シャットアウト。なにも悪いことはしていないのですから、マスコミと接触することに不都合があるわけではありませんし、私自身、マスコミに悪感情を抱いているわけではないのです。ただ、こうした厳戒態勢には、何が起こるかわからない不確定要素を排除する意味がありました。

正直なところ、大勢の前に私が立つことで、どのようなリアクションが返ってくるのか、関係者に不安がなかったわけではありません。

たとえば、司会を担当してくださった某誌の編集長などは、「変なクレームや野次など、予想外のコメントに対して、柔軟に言葉を返せるだろうか……」と、強い不安感に襲われている様子がありありでした。

しかし、私たちがこれまでに生み出してきた作品は、お客さんの手に渡った後には、判断を委ねるしかないものです。今回のようなイベントもそうした作品のひとつと考えれば、もはやお客さんを信用してお渡しし、反応を待つしかありません。たとえこちらが、「こういう受け止め方をしてください」と懇願したところで、あまり意味はないでしょう。

むしろこのタイミングでイベントを打つことで、もしかすると私に対する世間の目が変わってしまった事実を痛感させられるかもしれません。しかしそれでも、私はそれを甘んじて受け入れるしかないのです。

一抹の不安は残りつつも、開演直前のころには、ビクビクしながら中途半端にイベントを催すくらいなら腹を括ろうと、関係者の意思は統一されていました。極力いつもどおりの進行を心がけ、逮捕後初の冲方サミットは幕を開けました。

「このたびはお騒がせいたしました」

果たしてイベント当日、会場にはいつも以上に多くのファンが集まってくれました。入り口には複数のスタッフが立ち、不審な入場者がいないかチェックしてくれていたようですが、とくに不審者が現れることも、マスコミが押し寄せることもありませんでした。

ちなみに登壇後の私の第一声は、「このたびはお騒がせいたしました」というものだったと思います。そして、今後もつつがなく作品を発表していくつもりであること、変わらず支えてくださったことに感謝していること、さらには無事に不起訴処分が確定したという報告を行いました。

この際、あえて「DV報道は事実無根です」といった弁明はしませんでした。

実際のところ、警察や検察がどういう理屈をつけて私を釈放したのか、詳しい事情は今もよくわかっていません。警察がどのような証拠をどのように吟味したのか、私には知る由もないため、やみくもに身の潔白を主張しても、そこに確かなロジックを添えることはできないのです。そのため、今はとにかく「下手に蒸し返さず、人々の記憶から事件が消えていくのを待つのが得策」という弁護士の方針に従うのがベストであると判断しました。

余計なレッテルを貼られてしまったことに対し、悔しい気持ちがないわけではないのですが、一方ではこうして釈放された今、なんの悪影響もなく順調に仕事が進んでいる姿を見せることが、なによりのアピールになるだろうという思いがありました。このあたりはアイドルやタレントとの大きな違いでしょう。

作家は自分自身が商品ではありません。あくまで、生み出した作品だけが商品です。その商品とお客さんの間に、確固たる信頼関係が存在していることを私はすでに実感していましたから、過剰に身の潔白を主張するよりも、ひとつでも多く、少しでもいい作品を送り出していくことに注力すべきであると考えました。

結局、終わってみれば、いつもどおりの冲方サミット。そしてその後には、いつものように打ち上げが行われます。「前回」のことがトラウマになるようなこともなく、むしろいつも以上の安堵感がその場には漂っていました。そして、すべての関係者がこのときに共有していたのは、お客さんに対する深い深い感謝であったはず。

事件があれほど大きく報じられたのにもかかわらず、終始、暖かく受け止めてもらえたことに喜びを感じつつ、私はこれをもって「通常営業」に戻ったことを実感していました。今回のイベントに「冲方丁が帰ってきた」ことを世に示す、ひとつの儀式的な意味合いがあったのは事実でしょう。

時期的には、『蒼穹のファフナー』のアニメがまさに放送中で、小説誌の連載などもつつがなく進行中。極めて順調に日常を取り戻すことができたのを見て、弁護士が驚いていたのが印象的です。

「逮捕の際にはあれほど大々的にニュースになったのに、こんなにいいかたちで、これほど速やかに事件を忘れてもらえるケースは珍しいですよ。こうなると、薬物疑惑とか黒い交際でも発覚しないと、マスコミとしても盛り上がらないでしょうね（笑）」

むしろそのほうが、「弁護士としてはモチベーションが上がるんですけど」とのことで、これには私も笑ってしまいました。

そして環境面でも、そろそろ平常運転に戻さなければなりません。いつまでも知人宅に身を寄せているわけはいかず、私は周囲の協力を得ながら、新たな仕事場を物色し始めていました。

実はこの時期、私は行きがかり上、複数の物件を契約（あるいは所有）する状態にありました。まず都内には、家族が暮らしていた自宅マンションのほかに、事件の現場とされたマンションに仕事場を借りていました。さらに、震災によって住めなくなってしまった家が福島にもありますから、このままさらに新たな仕事場を契約するとなると、実に4つの物件を管理しなければならなくなります。そこでこの機会に、環境の整理を一気に進めることにしました。

時期的にはちょうど年の瀬が迫っており、仕事の面でも繁忙期。東京と福島を行ったり来たりしながら引っ越しの段取りをつけなければならないのは、文字どおり目のまわる思いでしたが、心機一転、新たな生活のベースをつくりあげなければなりません。

また、この時期は忘年会シーズンでもありました。例年であれば仕事にかまけて欠席させていただく席も多いのですが、今年は普段であれば参加しないようなパーティーでも、私はできるかぎり都合をつけて顔を出すようにしました。関係者への報告や謝罪を果たすためで、やはり行く先々で留置場での生活ぶりを披露することになります。おかげで、すっかり「持ちネタ」として定着してしまいました。

ありがたいことに、事件の影響で仕事が減ったと思われたのか、ここぞとばかりに新規の依頼をくれる編集者も大勢いました。

しかし実際には、某新聞で連載していた子育てエッセイがひとつ終了したくらい。これはテーマ的にもやむを得ない判断でしょうが、ぶっちゃけ、「そういうお父さん」が書いているというのも面白いんじゃないか、などと思ったりもしました。さておき、そんなわけで仕事量は維持されていましたが、イメージの悪化を厭わずにこうして仕事を依頼してもらえることには、やはりひとりの作家として大きな感謝を感じます。

新たな仕事場への引っ越しも、暮れのうちになんとか済ませ、2016年を迎える頃には、私は失われた日常を、取り戻していったのです。

担当弁護士に聞く 冲方事件の疑問

その11

Q 今回の不当な逮捕劇。これは警察の勇み足？　それとも裁判所の判断ミス？

A 裁判所は捜査機関が逮捕状を請求しないかぎり、通常それを発付することはありません。しかし、この判断を行うにあたり、裁判所が確認するのは捜査機関が作成した資料のみです。今回でいえば、警察が集めてきた資料です。つまり、そこに書かれている内容だけが判断材料であり、この時点では裁判官は冲方さんの言いぶんを聞く機会すらないのが実情です。そのため、裁判所はよほどのことがない限り、逮捕状を発付します。「裁判所は逮捕状の自動販売機だ」などと揶揄されることもしばしばあるほどです。その仕組みに問題があることは間違いありませんが、現在の制度を前提にすると、裁判官を責めるのもやや酷でしょう。

他方、今回は赤の他人同士の間で起きたトラブルではなく、夫婦間での傷害が疑われています。この場合、配偶者を言いくるめて証拠隠滅をはかる可能性も考えられるため、警察が早めに逮捕状の請求に動いたことは、不自然ではありません。あとは、逮捕状を請求する前にどれだけ事実関係を調べているか、です。

今回の逮捕が不当であったとした場合、逮捕状という制度を悪いと考えるのか、警察の調査不足と考えるべきか、難しいところです。

他方で、逮捕に引き続いて行われた勾留は不当であったと思います。冲方さんのように仕事も身元もしっかりしている人を引き続き勾留する必要があるのか。この点については裁判所に対しても警察に対しても、疑念が残ります。（水橋）

終章 この事件が意味するもの

今回の出来事は「人生のひと区切り」

突然の逮捕、留置場生活を経て釈放され、少しずつ日常生活を取り戻していった私。意外にも仕事面への影響は些少で、今ではすっかり平常運転モードで働いています。

これまで脇目もふらず仕事に打ち込んできた姿を知る人からは、今回の一件を機に、「少し仕事が減るくらいでちょうどいいのでは?」とも言われましたが、そうならなかったのはやはり幸いというべきなのでしょう。

身に覚えのないDV容疑で逮捕され、9日間も拘束された今回の一件は、いったいなんだったのか。あれから1年を経た今、あらためて振り返って感じるのは、これは「人生のひと区切り」であったのだろう、ということです。

正直なところ、まだまだ何があるかわからないという警戒心は残っていますが、それでもこの事態を受け入れることはできたように思います。

逮捕以降、本書を執筆している現時点まで、私は子どもたちに一度も会うことができずにいます。これは留置場生活よりもつらいことで、街で見知らぬ親子連れを目にするたびに、なんともいえない切なさを覚える日々が続いています。

いわば生傷のように私に苦痛を与え続けているつらい現実ですが、それも当面抱えて生きていかねばならないのだと、私はこの現実を受け入れつつあります。

むしろ、頑張って働かなければ、愛する子どもたちの生活が立ちゆかなくなってしまいます。そうならないためにも、私は自分で自分を支え、奮い立たせなければなりません。そうした強い意志を保つよう努めてきた賜物か、この騒動がすっかり持ちネタとして酒の肴になっている今日この頃です。

許されざる警察の巧妙な手口

そもそもこのようなかたちで一連の顚末をつづろうと思いたったのは、この社会には実に恐ろしい仕組みがまかりとおっているのだという事実を、より多くの方に知ってほしいという気持ちがありました。そして、冤罪の発生が避けられないこのシステムに対し、疑義を呈したい。そんな考えが発端になっており、今では、その事実にとらわれればかえって助長することから、とにかく警察の歴史というものを軽んじ、笑うのが一番だと思っています。

警察はその気になれば誰でも逮捕することができますし、たとえ無実であっても逮捕されることでどんなレッテルを貼られることになるか、私たちは自衛の意味を込めてきちんと理解しておく必要があるでしょう。

この社会において、「逮捕」とはすなわち警察にとっての「手柄」であり、被疑者はその時点で「悪人」と認識されてしまいます。これはあらためて考えると、とんでもなく稚拙な連想と言わざるをえず、警察にとって非常に都合のいい図式でもあります。なぜなら、罪の有無にかかわらず、その時点であたかも点数を稼いだかのように扱われるのですから。警察にとって逮捕が「出世の点数」になるのは、国民がそれでいいと認めているからなのです。

しかし本来、逮捕されただけではまだ、罪について何も確定されません。つまり逮捕の段階では、それまで所有していた権利の一切合財を剝奪される筋合いはないわけです。

しかし多くの人は、そうした当然であるはずの理屈には思いも至らず、警察に言われるがまま連行され、抵抗するすべも持たずに逮捕、拘束されてしまうわけです。事実、今回の私もそうでした。

では、もしも今、警察が新たな難癖をつけて私を逮捕しにやってきたとしたら、どう対応するべきか？

私は可能なかぎりその場で弁護士に電話を入れ、連絡がつくまで警察の要求には一切応じない態度を貫くでしょう。

なお、現行犯や逮捕状が出ている場合は、問答無用で手錠をかけられて連行されたうえ、家宅捜索などが行われる場合もあるようですが、そうした場合でも黙秘権は保障されることを覚えておくといいかもしれません。

ところが、そういった権利を行使できないよう、さまざまな工夫を講じるのが警察のやり方でもあります。

たとえば、一般市民が何も知らないのをいいことに、「規則ですから」ともっともらしいことを言って携帯電話を提出させるのも、そのひとつ。強引に没収したとなると彼らものちのちマズいことになりますが、相手が自分から出したものを受け取るぶんには問題ない、というのが彼らの論理なのです。

普通の人は、まさか警察がそんな巧妙な罠を張っているとは夢にも思いませんから、それがルールなのだと信じて素直に従ってしまうでしょう。警察に対する信頼を逆手に取っているという点で、これは許されざることといえます。

そして、一度取り上げられた携帯電話は、まず返してもらえません。「弁護士に連絡を取りたいから返してほしい」と言えば、彼らはおそらく、こう言ってくるでしょう。「電話番号を教えてくれれば、こちらでかけますから」と。

当然、弁護士の連絡先を丸暗記している人など、そうそういるわけがありません。これは通信の自由という、きわめて重要な権利を奪うための手口なのです。

もちろん、警察のすべての人間が、悪意を抱いているとまでは言えません。しかし、警官が任務に忠実であろうとするモチベーションを支えているのは、出世欲だということを私たちは忘れるべきではないでしょう。

言葉を変えれば、出世につながる材料を稼ぐためには、手段を問わない人間が警察の中にも一定数存在していることを、私は身をもって体感したのです。

市民は警察をもっと利用すべき

逮捕前と逮捕後で、私のなかで警察や国家に対する考え方はずいぶん変わりました。あらたに得た視点のひとつに、「今後は積極的に警察を使ってやろう」というものがあります。昨今、救急車の無駄遣いが問題視されていますが、警察に関していえば、今よりもっと働いてもらうべきだと考えるようになったのです。

たとえば私は今後、不審な人物が現れたり、髪の毛の束のようなよくわからない物を送りつけられたりした際には、しっかり警察に仕事をしてもらおうと思っています。何か生活まわりで不審なことがあれば、警察にどんどんパトロールの強化を訴え出るべきです。警察に相談したにもかかわらずストーカーに殺傷された、などというのは、ひとえに警察の怠慢というほかありません。

もちろん警察は、あれこれ言い訳し、「余計な仕事はしたくない」という態度を取るでしょう。あるいは相談を「聞いた」だけで仕事は終わったと言い出しかねません。

そんな彼らには、内容証明の郵便で訴えを送るなどして、しっかり働かせるといいでしょう。

また、相談窓口ではきちんと録音し、彼らが働かなかった証拠を押さえておくと効果的です。

録音すると言うと警察から会話自体を拒否されるかもしれませんので、録音用アプリをオンにした携帯電話を、胸ポケットに入れるなどして、警察と話すといいそうです。弁護士などはしばしばそうしているのだとか。

そもそも警察機構とは、国民の安全を保証するシステムであるはず。警察も、「自分たちは市民の味方にして正義の代行者である」と、税金を使っての大々的なアピールに余念がありません。それでいながら出動を拒むというのは、誇大広告もいいところです。誉められたいけど働きたくないという子どもじみた考えは、国民がちゃんと叱って正してあげねばなりません。

その一方で、常に一定の数は存在するという「虚偽告訴」を封じねばなりません。国民がウソをついたり、ただの勘違いで警察を動かし、誰かを逮捕させることが今以上に盛んになれば、国民同士の疑心暗鬼という最悪の状況に陥ります。

これを防ぐ単純な方法もまた、「警察が働く」ことです。警察が供述主義をやめ、現場検証をしっかり行い、さらにその検証を検証するという体制を作る。もちろん多大な労力を要しますが、これは、一般企業が経営を透明化することと同じです。怠った企業から悪しき体質を抱えることになるのは自明の理です。

警察がそうしたことをまったくせず、「被害者が言ってるんだから」ということだけを根拠に、機械的にことを進めるという怠慢がまかり通っていること自体、そもそも大いに笑うべきことなのです。

とはいえ相手は巨大な国家的組織。警察官も検察官も、自己保身ゲームを繰り広げる役人集団の論理には逆らえません。そんな彼らを、国民のニーズに沿って、しっかり働かせる効果的な方法はあるのでしょうか。

弁護士いわく、警察に働いてもらうようにするうえで最も効果的な方法は、「馬鹿な判決を出す裁判官を、国民がちゃんと批判すること」なのだそうです。

そもそも裁判官が、「警察が逮捕したのだから悪人だろう」「検察が主張するのだから正しいんだろう」「偉い裁判官の指示に従わないと異動や解任の憂き目に遭う」といった保身のもと、機械的にことを進めるからこそ、「有罪率99．9％」などという数字が成立するのだとか。

裁判官を批判するには、国民の意識改革も必要です。たとえば「逮捕された人＝悪人」とイメージしがちな国民などというのは、法的知識も意識もあまりに希薄である証拠なのです（私もそのひとりであったことを痛感しましたが）。そしてこの国では、裁判官からして同じように「逮捕されたから悪人だ」というイメージを持っており、そのため、警察や検察にとって非常にやりやすい土壌が生まれているのだとか。

警察や検察が、「どうせ裁判官は認めてくれる」といった甘えから、「働かなくていい」という考えに染まっていることを、私は今回、肌で感じました。逆にもし裁判官が大いに働き、司法組織に働けとうながす態度でいれば、警察も検察もとことん働かざるを得なくなるのです。

結局、われわれ国民が最も働かせるべきは、裁判官なのだということになります。

そしてその裁判官に期待すべきことは、『それでもボクはやってない』で周防監督が提示しているように、「ひとりの冤罪も生み出さない」ことなのです。8割の犯罪者を捕まえておくために、「だいたい2割は冤罪」という状況を、ほかならぬ裁判官が黙認するなどというのは、国家的喜劇というほかありません。

留置場の中で出会った人々の話を聞いてみると、冤罪を主張する者は少なくありませんでした。もちろん、すべてを鵜呑みにするわけではありません。彼らの中には相当な数の悪質な人間がいます。

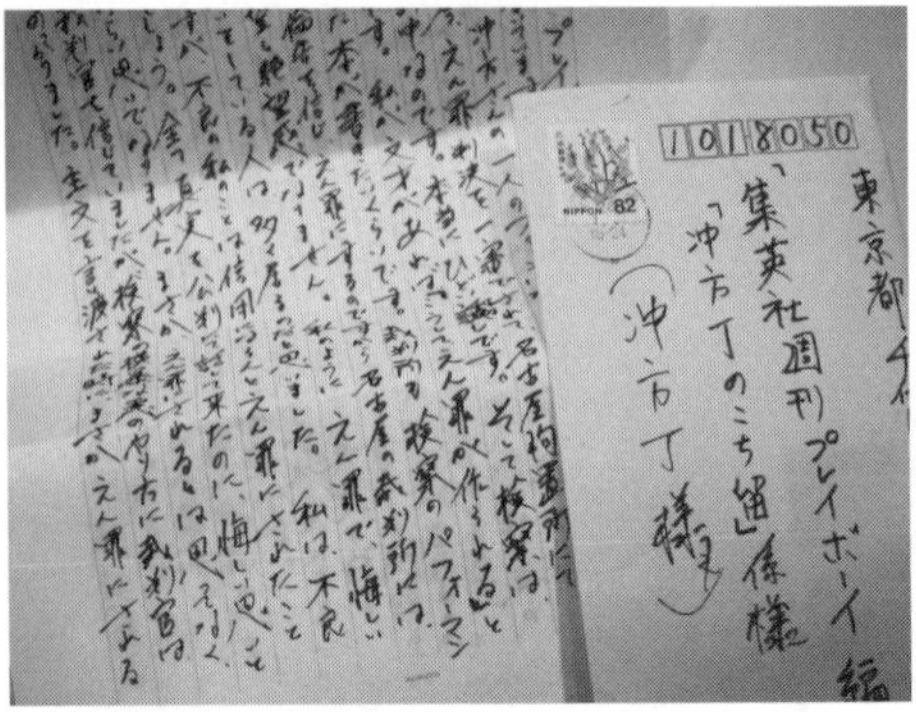

『週刊プレイボーイ』連載中に届いた拘置所からのレター

しかし考えねばならないのは、法律ゲームを駆使すれば、誰をも犯罪者に仕立てあげることが可能である、ということです。たとえば別件逮捕という言葉があるように、駐車違反や立ち小便など些細な容疑だとしても何度も繰り返し逮捕するうちに、たまたま有罪に持っていけるような案件が出てくることもあるでしょう。そのため留置場内には、とりあえず「何か引っかかる部分」を突っ込まれ、問答無用で閉じ込められてしまった人たちがごまんといます。

本書の基になった手記を、『週刊プレイボーイ』誌上で連載していた最中に、1通の便りをいただきました。差出人は某拘置所に収容されている人物で、連載を毎週楽しみに読んでくださっているという方でした。

詳細について触れることはできませんが、手紙の主は、冤罪にもかかわらず有罪判決を受け、今まさに戦っている最中とのこと。その文面からは、裁判所への強い失望と絶望、そして悔しい思いがありありと伝わってきます。

これは他人事ではありません。こうした人物が正しく報いられるためにも、まず私たちは、現代日本の裁判所の実態を、笑いに笑い飛ばすべきなのです。

このシステムに改善策はあるのか

冤罪被害を出さないためには、どうすればいいのか？　真面目に考えれば考えるほど、非常に難しいことと思われます。しかし難しいからこそ優れた人々が専門知識を駆使して防止すべきなのであって、「難しいんだから仕方ない」という態度は失笑に値するとみなすべきでしょう。

一方で、私のような素人ですら明白なこともあります。

もちろんそれは、本書で紹介した馬鹿げた留置場のあり方を変えることです。自白させるために密室に閉じ込め、通信の権利を奪うことをやめる。ゴリラの群の示威行動みたいな警察官たちのみっともない行為をやめ、小学生のカードバトルかと思うような手札の隠し合いをうながす供述主義をやめる。そして、「罪を認めれば、すぐに釈放されるし、警察官も点数稼ぎになり、ＷＩＮＷＩＮだ」という、わけのわからない大前提を改めるべきです。

それよりも、留置場に常駐させられて無為に時間を奪われている多数の警察官に、もっと有意義な業務と教育の機会を与えるべきでしょう。正直、被疑者の移送業務や、朝の点呼のお祭り騒ぎには、「このマンパワーの盛大な無駄遣いはなんなのだ。彼らには自分たちが無駄遣いされ、無為に年をとらされているという自覚はないのか」と呆気にとられたものです。

一方、弁護士協会の努力により、被疑者には弁護士との打ち合わせでノートを取ることが許されるようになったとか。私もノートには助けられました。こうして手記をつづることができているのも、当時、懸命に記したノートのおかげです。そう考えると、少しずつこの国の司法は改善されているのであり、だからこそ私は喜劇としてとらえるべきだと思うのです。もしこの国の司法には悲劇しかないと思えたときは、さっさと住むべき国を変えるほかありません。

現在、かろうじて喜劇だと思いつつも、悲劇の一歩手前だと思わされたことのひとつが、「最も悪い人間は留置場にはいない」という実感に襲われたことでした。

前段でもふれましたが、司法の世界すなわち法律ゲームである以上、その仕組みを熟知している人ほど有利であるのは紛れもない事実です。留置場内で出会った人の中には、「仲間」に売られるような形で逮捕された人も散見されます。私は彼らから、「本当の悪人がどのようにしてスケープゴートを立てるか」について、いろいろと教わりました。

ここでその詳細を列挙してしまうと、本書が結末部分に至って「いざというときの身代わりの立て方マニュアル」と化してしまうため、あえて伏せたいと思います。なんであれ法律ゲームに長けた人々は、逃げ道を用意し、別人を逮捕させ、罪を逃れるのです。

さらにはそういった偽装を、営利目的で行う人間（あるいは企業）もいます。私が留置場内で、訴えの取り下げを条件に金銭を求められたように、「出たければ金を払え」という、警察を使った代理誘拐が、想像していた以上に頻発していることを私は知りました。

そんな被疑者にとって最悪のシナリオは、拷問のような留置場の環境に音をあげ、犯してもいない罪を認めてしまったうえに、金銭を支払わねばならなくなり、さらには社会的に汚名をこうむり、その後も長い間、経済力を失ったまま生活せねばならなくなることです。

警察が結果的に、罪を逃れる人々や、金銭目的で刑事裁判を悪用する人々に荷担してしまっている今の状況は、とても危険であり、解決不能の悲劇をもたらしかねません。

ゆえに、司法組織や法制度についての難解で伝統的なぐじゃぐじゃした議論はさておき、「冤罪はどうせなくならないし、むしろあっていい。だから、留置場にいる人間が本当に罪を犯したかどうかは知ったことじゃない」という態度をこそ、何よりもまず笑うべきなのです。

対岸の火事ではないすぐそばにある「逮捕」

法律は、新たにつくることはできても、無くすのは難しいものです。だからといって、司法組織は変わらなくていい、ということにはならないでしょう。司法に関わる人たちはみな程度の差はあれ、「自分たちが法律だ」と思っているふしがあります。傲慢そのものであり、国民としては笑止のきわみとみなすべきでしょう。

その一方で、司法組織に属する人たちは「公僕」として、どんなブラック企業の社畜にも負けないほど苛烈な階級社会のストレスにさらされています。裁判官からして、出世レースから外されることを恐れ、常に上の者の意向を気にし、異動や解任の憂き目に遭うのではないかと萎縮させられているといいます。

そうした階級社会のストレスを国民にぶつけるがごとく、「ここは私の法廷です」というような言葉を平然と口にする裁判官、「俺らをなめんなよ」と吠える警察官、「(私の立場が)取り返しのつかないことになるでしょ」と自己保身をあらわにする検察官など、これまた大いに笑い倒してやるべき存在なのです。

そしてなによりこの国には、司法組織がそのように硬直していることをよしとし、あるいは無知のまま自分とは縁のない世界だと思い込んでいる、大多数のわれわれ国民がいるのです。警察が人権無視の暴力的な組織であることに、むしろひそかな喜びを抱き、「逮捕されるような悪人はひどい目に遭え」という短絡的な考えを疑わないわれわれ国民も、さらにはその思念を増幅させて派手に演出し、自分たちは正義であって悪はいじめ倒すべきだと思わせてくれるマスコミやエンターテインメントの数々もまた、大いに笑うべき存在なのです。

もしそれらを笑えないとすれば、それはわれわれが生きる社会が、道徳的どん詰まりに陥っていることを端的に示しているといえます。社会そのものが笑えないものと化し、いよいよ奉仕する価値もなければ、受け継がせるべきでもないしろものに成り下がったとみなすべきでしょう。そしてその責任は、社会で生きるわれわれ全員が等しく背負わねばならないのです。

どうか、ここまでにつづった顛末を対岸の火事とせず、ぜひ読者のみなさまにおかれましては、我がことのように失笑し、大いに笑っていただきたい。そうすることによってまずは硬直した自分自身の心を転覆させ、より良い暮らしができる社会とはどのようなものかと想像し、ひとりでも多くの笑いの中から、この国の未来が生まれてほしいと思っております。

周防正行（すお まさゆき）

1956年生まれ、東京都出身。映画監督。立教大学文学部仏文科卒業。作品に『ファンシイダンス』（1989年）、『シコふんじゃった。』（92年）、『Shall we ダンス？』（96年）、『それでもボクはやってない』（2007年）、『ダンシング・チャップリン』（11年）、『終の信託』（12年）、『舞妓はレディ』（14年）ほか。著書に『それでもボクはやってない――日本の刑事裁判、まだまだ疑問あり！』（幻冬舎）、『周防正行のバレエ入門』（太田出版）など。2011年6月から14年7月まで、法務省の法制審議会「新時代の刑事司法制度特別部会」の委員を務める

対談

周防正行×冲方丁

日本の刑事司法、諸悪の根源は？

2007年公開の映画『それでもボクはやってない』で痴漢冤罪事件を扱い、日本の刑事司法の問題点を浮かび上がらせた周防監督。今回、期せずしてその世界に放り込まれ、司法の不条理な現実を目の当たりにした冲方氏。この、前近代的なシステムが続く問題の根っこはどこか？　改善のためには何が必要か？　両氏が2時間ぶっ通しで語り尽くした！

万が一、いわれのない罪で逮捕されてしまったら……

――今回の冲方さんの一件。周防監督の目には、どのように映りましたか？

周防　真相はわかりませんが、一応誰かの被害届が出ているわけですよね。しかし、冲方さんご本人は「やってない」わけですから、これは警察も弁護士もやることがたくさんあって大変だったと思います（笑）。ただ、冲方さんは社会的な立場もあり、経済力もあるでしょうから、弁護士は自分がやったぶんの評価や見返りは得られます。しかし、被疑者が社会的弱者の場合はもっと大変です。

冲方　ああ、それはたしかに思いました。僕はまだ恵まれていたというか。

周防　被疑者が経済力からなにから、あらゆる面でハンディキャップがある場合、刑事弁護というのは、真面目にやればやるほど弁護士の持ち出しになってしまうんです。経済的な理由で私選弁護人を呼べない場合は、国が弁護士費用を負担する国選弁護人という手段があります。

でも、そういった仕事を引き受ける弁護士のなかには、良い人もいれば、本当に最低な人たちもいます。国からお金が出ますから、とりあえずどんなに雑な仕事をしたとしても食いっぱぐれることがない。裁判当日に被告人と初めて顔を合わせた、なんて弁護士もいるくらいです。なかなか表に出ない事情ですが、それでいったいどのような弁護ができるのかと、疑問を感じます。

だからもし万が一、いわれのない罪で逮捕されてしまった場合に重要になるのは、まずいい弁護士に出会うことです。その次にいい検察官にあたり、それでも万が一不起訴にならず裁判になったら、最後はいい裁判官にあたること。でなければ、冤罪を回避することは困難でしょう。それがこの国の現実です。

冲方　それが理想的にそろうことは確率的にも非常に難しいことですよね。僕の場合、釈放された後も、ずるずる時間をかけられ、ようやく不起訴処分が出ました。相手の供述を見ることはできませんが、そもそも証拠がないわけですから不起訴は当然なのですが、それでもこんなに時間がかかるものなのかというのが実感です。

周防　冲方さんの場合、最初に事件として大きく報道させてしまっているから、彼らとしては不起訴にはしたくない。でも本人は否認してるし、証拠もない。最後はウヤムヤにせざるを得なかった。だから、あえて時間をかけて、世間の関心が薄れるのを待ったんじゃないでしょうか。

冲方　警察や検察が頑張ってこの件を風化させようとしているように感じます。釈放のときも、「俺たちは絶対にマスコミには話さないから」とか、「裏からこっそり帰ってくれ」と言われましたけど、自分たちで大ごとにしておいて、勝手なものだなあと思いましたね。

周防　自分たちの責任問題になることですし、現実には次々に新しい事件は起こるので、なるべく曖昧にしておいたほうが彼らにとっては得策なんでしょうね。

冲方　最後のほうの取り調べでは、警察がもうあまり話さなくなって、実際に被害届が存在するのかどうかもよくわからないまま、何もかもがグダグダになっていました。自分たちの身を守ろうとすると、そうなってしまうんですかね。

周防　それにしても、もし本当に被害届が存在しないのだとしたら、すごいことですよ。誰が何を根拠に逮捕という判断を下したのか……。

冲方　それはもはや、僕にとっても永遠の謎です（笑）。

周防　あと、留置場の中で着ていたという留ＱＬＯと書かれたジャージのことですが、僕が『それでもボクはやってない』で取材したときはマルの中に留置場の「留」が書いてありました。

それが今は留ＱＬＯかよと（笑）。

冲方　映画をあらためて拝見して「あっ」って思いました。「留」って書いてある（笑）。どちらも悪ふざけの度が過ぎますよね。

周防　そうなんですよ。あれが留置場のありようっていう。

冲方　欧米とかだったら、たぶんあれで暴動起こりますよ（笑）。烙印みたいなものですから。江戸時代の刺青刑と同じ発想ですね。こんな何百年前の常識がまだまかりとおってるんだ、と思いましたね。

公正、公平だと思っていた日本の刑事裁判

――周防監督はどのようなきっかけで問題意識を高め、『それでもボクはやってない』を撮ることになったのでしょうか。

周防　きっかけは、ある新聞記事でした。東京高裁で痴漢事件に逆転無罪が出た、と。詳しく内容を見てみると、その被告人の美大時代の友人たちが、電車のセットを作って事件があったとされる現場の再現実験ビデオを作成したり、弁護団に協力して、無罪の証明をしようとしたというんです。これを読んで、弁護側は無実の立証をしなければならないのかと端的に驚きましたね。

そこで、映画にするかどうかはさておき、ぜひ当事者の話を聞いてみたいと、取材を開始したんです。まさに今回の冲方さんのような体験をされた方を訪ねてまわったわけです。すると、

ミステリー小説なんかに出てくる警察や検察、裁判所の様子と現実はかなり違うことがわかってきた。それでなぜそうなっているのかを知りたくなったわけです。

冲方　痴漢冤罪のようなケースは、警察側からするとオイシイ部類なんでしょうね。

周防　そうなんですよ。捜査せずとも勝手に被害者が被疑者を連れてきてくれますからね（笑）。駅事務室から警察の取り調べ室に連れていかれて、なぜかそこで現行犯逮捕であることを告げられる。そして、一度捕まってしまうと、警察にも検察にもまともに話を聞いてくれる人はいない。これは冲方さんのケースも同様でしょうが、警察や検察はただ訴えた人の言葉を盲信して、被疑者を責めることしかしない。取材を進めるうちに、裁判官までもが被告人の話に耳を傾けようともしない現実に、僕は大いに驚いたわけです。

冲方　本当に僕も、我が身をもって驚きました。もう、取り調べをする刑事の話しぶりからして、衝撃を受けました。現実に起きてもいない出来事をなんとか成立させるため、一生懸命ストーリーを組み立てようとする。この人はいったい、何の小説の打ち合わせをしているんだろう、と思いましたね（笑）。

最初に、逮捕状の記載をこちらにちらっと見せて、すぐ引っ込めようとするものだから、「いや、ちゃんと見せてくださいよ」とじっくり中身を読ませてもらったんです。すると、とにかく矛盾だらけのことが書いてある。結局、逮捕状というのは、被害者の言いぶんを適当にまとめながら、刑事が自分の側に都合のいい作文を書いているだけなんですよね。

周防　そうですね。そういった刑事事件のエピソードをたくさん聞くうちに、日本の刑事裁判には、ほとんどの日本人が知らない、あまりに理不尽な現実があることがわかった。だからこそ映画にしなければならないと思ったわけです。それまでは僕自身も、日本の刑事裁判というのはそれなりに公正、公平に行われているだろうと高をくくっていましたから。たまに起こる冤罪事件は、人が人を裁くギリギリのところで起きた間違いなのだと思っていました。だからこそ、冤罪は悲劇的なのだ、と。でも、これはとんでもない勘違いでしたね。

冲方　実態はもう、警察権力がやっている「偽証」のレベルです。そして偽証行為と虚偽告訴が、これほどまでに相性のいいものだったなんて……と僕も驚きました。

取り調べの最中に、こちらが逮捕状の記載の矛盾を突くと、刑事が明らかに困った顔をするんですよ。言葉に詰まってしどろもどろになる様子を見ながら、「なぜこの人はそもそもの前提がおかしいことに目を向けないんだろう」と、すごく不思議でしたね。逮捕の大前提が間違っているから、おかしな理屈をたくさんくっつける、そのせいで最初の立脚点から動けなくなってしまっている、そんな印象でした。彼らが行う捜査というのは、自分たちが作ったストーリーに合う証拠を当てはめていく作業にすぎないんですよね。

周防 僕もそう思います。だけど、多くの人がそうした現実を知らない。予備知識を持ち合わせていないことは大きな問題で、郵便不正事件で被告人となった村木厚子さんは、素人がいきなりプロボクシングのリングに上げられるようなもので、何をしていいかわからない状況に置かれるのが警察や検察の取り調べの実態だと仰っています。

冲方 僕もまさにそういう状態でした。日本人はなぜか無条件に〝官は民の味方である〟と思い込んでしまっています。しかし、今回あらためて、警官というのは警察村、検察は検察村の村人なのであって、民衆のために仕事をしているわけではないのだなと、ハッキリと理解しました。……なかにはそうではない人もいるんでしょうけど。

周防 元検察官で、今は弁護士をされている女性に取材をした際に、なぜ検察官を辞めたのかを聞いたんです。すると、自分が起訴すべきだと思った事案を、上司の権限で不起訴にされたり、逆に不起訴にすべきだと思った事案を、上司から起訴しろと言われたりするのが嫌だったからだと。検察官の仕事というのは独立してできるものだと思っていたのに、結局はその事件の取り調べに直接関わっていない上司に決定権があるという現実に疑問を感じ、自分の裁量でできる弁護士に転身したとおっしゃっていました。検察内部にも現状のやり方に批判的な方は、少ないかもしれないけどいることはいるんですよ。

冲方　逮捕することが、起訴することが、そして有罪にすることが、出世につながるという今のシステムを変えないかぎり、根本からは何も変わらない気がしますね。

警察が証拠を出すことを恐れている

冲方　資料や証拠の扱いについても、非常に前近代的だと感じることがありました。留置場に入る前の取り調べの最中、担当の刑事がいったん仮眠をとりに部屋を出たので、鑑識の人と話していたのですが、なんと資料の類はデータ化などまったくしていなくて、「すべて手作業」だと言うんです。指紋の検証にしても、コンピューターを使ってやったことは一度もなく、目視なのだと言ってました。

周防　え、本当に？（笑）。一応、指紋の検証というのは、決められた複数箇所が一致すれば、本人のものと認めるルールがあると聞きますが、ちょっと信じがたいですよね。

冲方　どこまで本当のことを言っているかはわかりませんが、少なくとも組織自体が非常に非科学的であることは実感しました。一事が万事、そういったレベルで管理している印象です。

周防　僕は『それでもボクはやってない』がきっかけになって、法務省の法制審議会『新時代の刑事司法制度特別部会』の委員に選ばれました。この会議の席でもさんざん言ってきたのは、再審請求審における、証拠開示のハードルを、もっと低くすべきだということです。証拠はそのほとんどを検察官が管理しているので、検察が自分たちに不都合な証拠を隠そうと思えば隠せるんです。

現状、過去の裁判で出てこなかった証拠を引っ張り出すのって、ものすごく大変なんです。すでに終わって確定している事件ですから、すべての証拠を開示してもいいと思うのですが、彼らからするとおそらくそんなことをすれば、隠していた無罪方向の証拠がボロボロ出てきて、冤罪が次々に明らかになる恐怖があるんでしょうね。それ以外に証拠開示を渋る理由がわからない。

冲方　僕のケースもそうですが、主客逆転もいいところですよ。本来、証拠が出てきたらマズいのは犯人側であるはずなのに、現在の日本の制度では、警察が証拠を出すことを恐れている。いったい何のための証拠なのか、これだけ画像や映像がそろう時代に、明らかに逆行していますよね。

周防　そのとおりだと思います。その会議の席で、僕が「監視カメラ」と言うと、すぐに「防犯カメラ」と正されるのですが（笑）、今や町中のカメラはもちろん、ＪＲ埼京線の車両にだってカメラが付いている。ひと昔前に比べれば、具体的な証拠は劇的に増えています。でも、それらの証拠が果たして公正に使われているのかという疑問があります。

可視化に警察が反対する理由

周防　ある取材のなかで、元警察官の人から、「監督はそうやって証拠証拠と言うけど、たとえば被害者の血の付いたナイフに誰かの指紋が付いてた場合、それを元に犯人を特定します。しかし、そのときどんな気持ちで被害者を刺したのかは、本人に聞かなければわからないじゃないですか」と言われたことがあるんです。「だからそれを取調室の中で聞いてるんだ」と。これはすごいことを言うなと思いましたね（笑）。

冲方　うーん、それはおかしな考え方ですよね。警察の役割は事実を裁くことであって、人の感情を裁くことではないのに。

周防　つまり警察は、真相究明を理由に被疑者を責めたて、反省をうながし、更生への道をつけるというところまでを、取調室の中でやろうとしてしまっているわけです。取調室で相手が自白して、泣きながら「刑事さん、すいませんでした。もうこんなことはしません」と言えば、それが刑事としての最高の仕事でもあるかのように。

でも本来、取調室で自白を強要し、謝罪させ、そのうえ更生まで誓わせるなんて、刑事訴訟法は求めていません。そんなことをしようとするから違法な取り調べになる。せめて取調官には、取調室は被疑者の言いぶんを聞く場であると肝に命じていただきたい。どうも警察の中には伝統的に、後に美談として語れるような展開を求めている節を感じてしまいます。刑期を終えた人がわざわざ会いにきて、「あのときはありがとうございました」と言ってもらえることが、彼らの仕事の到達点なのかな、と。

冲方　ああ、もう吐き気をもよおすほどのナルシズムですね（笑）。そもそも、自分が目の前にいる人間を改心させられると思えること自体が、あまりにも傲慢な話で、それはもはや洗脳の領域ですから。正義感というのは時に、本当に恐ろしいものですね。

周防　だから、取調室が可視化され、録音・録画するようになると、これまでのようなやり方ができなくなるから警察は反対するわけです。それでも最近は、裁判員裁判に該当する事件では、録音・録画をせざるを得なくなっているので、そのための勉強を始めているようですが。

でも、こうしてシステムを変えていくことは、大切なことだと僕は思っています。今まで積み上げてきたマニュアルを全部破棄しなければいけないのは、組織として大変でしょうけど、強引にでもシステムを変えなければ、彼らの考え方は絶対に変わりませんからね。

江戸時代から続く〝裁き〟の文化

——冤罪に話を戻しますが、周防監督が『それでもボクはやってない』を発表したことで、世の中の意識は大きく変わったように思います。当時の反響などを踏まえていかがですか？

周防　それなりに影響は与えられたと思いますが、面白かったのは、弁護士の方がよく観てくれていたことです。ある弁護士は、自分の母親から「あなたの仕事は、こんなに無力なの？」

と驚かれたと言ってました(笑)。何もやっていない無実の人間を、なぜ救ってやれないんだ、と。
でも、これは冲方さんが今回の手記で書かれていたとおり、軽微な事件や否認事件の場合、弁護士の最初の仕事はいかに不起訴に持ち込むかなんですよね。起訴されたら、それこそ検察庁は全力をあげて有罪を取りにきます。裁判になって仮に無罪を勝ち取ったとしても、裁判の間は、経済活動をするのも難しく、たいへんな労力を費やすことになりますから、普通の人はそれだけで音をあげる。
映画が公開された後、痴漢冤罪で捕まった人がいて、その方の奥さんは映画を見ていて「私はあなたを信じているから、やったと認めて早く出てきて」と言ったそうなんです。それを聞いて、果たしてこの映画を作って良かったのか悪かったのか、そのときはよくわからなくなりました。

冲方 なるほど、否認し続けることの弊害を、映画から学んでしまったわけですね。最大で23日、留置場で身柄を拘束されるというのは、普通の人にとっては最大の拷問ですからね。

周防 「人質司法」とも言われますね。ところが勾留を判断する裁判官自体、その重みをあまり理解していない。真相を究明するためには、そのくらいの勾留は当然だと思っている。

冲方 まったくそのとおりだと感じました。僕も今回の件で裁判官に会いましたけど、完全にただのハンコ屋さんでした(笑)。ほとんど会話することもなくて、「これらの事実を認めないということでいいんですよね?」「はい」「けっこうです」と、ぽんと印鑑を押すだけ。僕、「はい」しか言ってないんですよ(笑)。

周防　人の自由を奪うことに対する想像力が、まるで欠けていることがよくわかります。

冲方　こういうのは日本特有なのかもしれません。大袈裟ではなく、江戸時代の常識で生きている人たちですから。

周防　そうですよね。自白調書がまさに江戸時代からのものですが、当時は「私がやりました」と一筆もらわなければ、裁く側が安心できなかったのでしょう。今ほど証拠を収集できる時代じゃなかったため、最終的には本人の言質に頼るしかなかったというか。

冲方　興味深いのは、江戸時代のそのあたりのやり口は、藩主によっても大きく異なっていたことです。たとえば水戸光圀などは、一度の捜査を3年かけてじっくり行っていたそうですし、牢屋に閉じ込める被疑者に対しても、もともと教養がなさすぎるので、1年かけて勉強させてから自己弁護をさせることもあったとか。

周防　それはすごい！　今よりよほど進んでいるじゃないですか。僕は、「なんで供述調書って一人称独白体で取調官が作文するんですか？」と、検察官の人に聞いたことがあるんです。そうしたら「監督ね、ここだけの話、知的レベルの低い人が多くて、彼らの言ってることをそのまま書いたってわけのわからない文章になる。だから自分たちが彼らの意図をきちんと汲んで書いて、裁判官にわかってもらえるものにしてるんだ」って言うんです。すごいこと言うなと思って（笑）。

沖方　完全に身分制度を大前提とした発言ですね。自分たちは上にいるのだ、という。

腐敗のおおもとは裁判所

周防　僕は今の刑事司法システムを大きく変えるには、やっぱり裁判官の意識を変えていく必要があると考えています。現状では、せっかく法律を定めても、裁判所の運用次第でどうにでもなってしまう部分がある。

沖方　いうなれば、腐敗の大元は裁判所である、と。

周防　そう。警察・検察が作った調書がたとえデタラメであっても、裁判所が任意性を認めて証拠として採用すれば、有罪にすることができてしまいます。そのため調書裁判と批判する声もあるわけですが、裁判所からすると自分たちは警察・検察が作ったデタラメな調書に騙された、と被害者面できる。

でも本当に騙されていたとするならあまりにも勉強不足だと思いますけどね。裁判所があんないい加減な調書を認めさえしなければ、裁判の問題点はかなり改善できます。「こういう調書は証拠として採用できない」と退ければ、警察も検察も取り調べのやり方、調書の作り方、捜査そのものを考え直さざるを得なくなるはずです。

冲方　確かに裁判所が警察、検察を放置してきたことに、そもそもの原因がある。放置どころか、むしろ自分たちが仕事をしやすいようなやり方を指導してきたともいえそうですね。

周防　勾留の問題にしてもそうです。裁判所がその調子ですから、検察も安心して勾留請求ができる。裁判官はぽんぽん勾留の判断をしてくれますからね。

冲方　5分おきにさまざまな罪状の被疑者が部屋に入ってきて、内容をうんぬんするわけですから、これはもう十把ひと絡げにしないと、裁判官自身の心がもたないのかもしれませんね。

民はもっと声をあげるべき！

周防　ちなみに『それでもボクはやってない』が公開された後、ある痴漢事件の裁判が最高裁までいって逆転無罪になったことがあったのですが、親しい弁護士から「これ、絶対に映画が影響してますよ。裁判所は体面を意外と気にしますから」と言われたんです。その意味ではこうして声をあげて、司法や警察の不備を指摘することは大切だと思いました。

冲方　そうですね。気質的なものなのか、日本人はそのあたりに遠慮があって、〝民が官に文句を言ってはいけないのではないか〟という気持ちが浸透していますけど、そうではありません。実際には彼らにとって、民の声ほど怖いものはないですから。

これは本来、マスコミの役目でもあります。もっと警察、検察、裁判所に対するプレッシャーとして機能しなければいけないはずなのに、なあなあの関係に落ち着いてしまっている。

周防 記者クラブなどがまさにそれですよね。

冲方 僕の場合もそうでしたけど、警察に張り付いている新聞記者なんて、副署長が言ったことをそのままコピーして記事にしていますからね。これは業界が近いぶん、かなり失望感がありました。こうやって公権力を甘やかし続けてきたのだな、と。

周防 そうでなくても、一般の人たちは裁判官のことを立派な人だと思い込んでいます。もちろん、ものすごく勉強をして法律の知識を身に付けた優秀な人たちではあるけれど、実際は僕らとなんら変わらない人間なわけです。裁判官だから真実が見通せる特殊能力があるわけではない。こういう当たり前のことに、もっと目を向けていかなければならないでしょうね。

冲方 むしろ、大学を卒業してすぐに、普通の社会を体験せずに司法の世界に入ったわけですから、一般常識では僕たちより欠けていると考えたほうが正しいかもしれません。裁判官の椅子に座っていれば、自動的に仕事がくるのは事実で、その意味では社会の苦労を身をもって知っているとはいえない一面もある。

周防 実際に、裁判官を辞めて弁護士の仕事をスタートさせた人が、自分が依頼人と話す姿を見た同業者から、「先生、ちょっと態度が大きすぎるよ。相手はお客さんなんだから」と、たしなめられたというエピソードを聞いたことがあります（笑）。昔から弁護士をやっている人は、日頃からいろんな人と接していますけど、裁判官はいつも目の前に立つ被告人や法曹界の人を相手にしているから、どうしてもそういう接し方が染み付いてしまうわけです。

沖方 人間、強いエリート意識を持って閉鎖社会に入ってしまうと、あまりいいことにはなりませんからね。マスコミの世界でいえば、決裁権を持っているテレビのプロデューサーみたいなもので、やはりどこか横柄な態度が身に付いている人が多い。その世界から一歩外に出れば、普通の人であるにもかかわらず、です。

周防 ある裁判でも驚くことがありました。東京高裁の裁判官が、被告人を証言台に呼ぶ際、あごを左から右にくいっとやって呼び寄せたんですよ。どれだけ偉い立場なのかな、と。

沖方 そういう態度からしても、公平なシステムを作ろうという意識が、致命的に欠けていますよね。

周防 最後になりますが、この沖方さんの一件を通じて、僕がひとつ言えるのは、裁判所というのはもはや人権を守る最後の砦ではなく、「国家権力を守る最後の砦」だということ。だから、現状のシステムがまかりとおっているうちは、冤罪に巻き込まれてしまっても、まず勝てないですよ。

沖方 それは本当に恐ろしいことです。だからこそ、民が自分たちの人権に対する危機意識をしっかり持っておく必要がある。いざとなったら身ぐるみ剝がされ、何もかも奪われるんだということを、現実として受け止めておかなければなりません。それと同時に、そうならないよう、このシステムを改善すべく、声をあげ続けていくことが大切だと、この対談を通じて強く感じることができました。ありがとうございました。

おわりに

「馬鹿じゃないのか」と笑うこと

これは、かつて想像もしていなかった体験へと投げ込まれた作家・冲方丁と、その一件に関わった警察、検察、裁判官、弁護士、妻、あるいは彼らの周辺の人々による、抱腹絶倒の喜劇です。

ここまでで私の体験と主張はすべて書き尽くしており、ここでは、本書をお読みになるかどうか思案されている方、あるいは読んだけれどもいろいろありすぎてなにから考えていいかわからない方のために、大まかに本書の内容をまとめておきたいと思います。

この国の司法組織は、真実を解明することを仕事とはしていません。「供述書は警察による作文」だとか、「検察側の筋書き」といった言葉がまかりとおっているように、事件を成立させるために最も都合の良い部分を切り取って組み合わせ、ほかはなかったことにするのが彼らの仕事です。

司法組織が、取り調べに弁護士など第三者を同席させないよう論陣を張り、密室を保つための戦いを続けているのも、真実を解明するのではなく、都合の良い事実をつくりあげることが重要な仕事であるからだという点は、否定できないでしょう。

当然、その基本は密室を好む公然たる隠蔽体質となります。事件のすべてを白日の下にさらすのではなく、警察や検察が不利になるようなものは、たとえ重要な証拠であろうと隠さねばなりません。もし間違って自分たちが不利になるような証拠を裁判で提出すると、

「馬鹿なことをするな」

と上司から怒られるのだそうです。

また、その行動原理は正義の代行ではなく、失点方式の出世主義です。ミスをした者から出世コースを外れるため、絶対に自分たちの非を認めることはありません。社会の正義を担うのではなく、組織の正義から外れることを最も恐れるのです。

司法組織は互いに密接につながり合っています。警察は検察に気を遣い（地域によっては逆ですが）、検察は裁判所に気を遣い、裁判所は検察や警察に気を遣うという、あたかも目に見えない賄賂を渡しあうかのごとく、結果的に相手の便宜を図るような態度を取りあっています。

そして、本書で何度も言及しておりますが、そうした司法組織のあり方を支えているのが、実のところ、われわれひとりひとりの国民なのです。

「悪いやつに人権など与えるな」

といった、極端な国民の欲求を満足させるべく正義を代行する、という大義名分

が、なによりも裁判所を頂点とする司法組織に悪しき体質を守らせているのだといえます。

本書に収録されている周防正行監督との対談で、私が盲点を突かれると同時に、やはりそういう側面があるのかと思わされたのが、

「取り調べが可視化された場合、一部の国民が『こんなのは甘い、もっとひどい目に遭わせろ』と言い出しかねないのが怖い、という司法関係者もいる」

といった言葉でした。

司法の問題は、単に、警察、検察、裁判所、弁護士といった、専門家や組織の体質によるものばかりではありません。その背景には、自分たちの怒り、不安、鬱屈といった負の感情の解消を、司法の場に求める国民が存在するのです。

実際、私が今回の体験へ投げ込まれた最初のきっかけを作ったのは、ほかならぬ私の元妻であり、彼女に何かしらの助言を与え、行動をうながしたであろう人々なのです。

彼らは私が逮捕されるや、「そこまでやるつもりではなかった」と言わんばかりの文書を私に提示しました。それがどんなものであったかは、本書をお読みいただくとして、彼らがそもそも何を求めていたかは、もはや永遠の謎というしかありません。

なぜなら、私は逮捕され、釈放され、不起訴となったからです。どういうことか

といえば、当事者として司法の手続きの対象となった者は、あらゆる面で情報が遮断されてしまうということです。

逮捕から釈放に至るまでの詳細な経緯については、本書を御覧いただければわかるでしょう。しかし、なぜそうなったのかという理由については、国家賠償請求の訴えを起こし、証拠の開示を求めるといったアクションを起こさないかぎり、わかりません。また、もし起こしたとしても、すべての証拠が開示される保証はないのです。

そこで後日、出版社経由で担当刑事へのインタビュー取材の依頼、および警視庁へ質問状を送ることにしました。私を逮捕するに至った根拠はなんなのか？　その1点を明らかにするためです。警視庁の広報課からは次のような回答がきています。

警察は、法と証拠に基づいて適正に捜査を行っており、本事件についても、逮捕の必要性が認められたことから、裁判所に逮捕状を請求し、その発付を得て逮捕したものであります。

なお、個別具体的な捜査内容については、お答えを差し控えさせていただきます。

予想したとおりですが、インタビューの依頼は断られ、寄せられたのは何の中身もない回答でした。これがいわれのない罪で逮捕、拘束した私に対してのまともな対応とはとても思えません。(ちなみに担当検事にも出版社経由で東京検察庁にインタビュー取材を打診しましたが、2016年4月1日付けで他庁に異動したとの理由で断られています）

なぜ逮捕され、なぜ勾留され、なぜ釈放され、なぜ不起訴となったのか――今では表向きの、辻褄のあった理屈が存在するばかりで、そもそもなぜそうなったのかということについては、ただ自分の側の弁護士と一緒に、推測するしかなくなってしまいました。

経済的、社会的、そして人格的に、攻撃され、辱められ、激しい苦痛にさらされたにもかかわらず、そもそもなぜそうなったのかが――真実が――わからなくなる。それこそ、不幸にも刑事事件というものに直面せざるを得なくなった人々が経験する、最も大きな苦しみなのです。それは、ともすると、あまりに空虚ゆえ怒りに苛まれ、あまりに複雑ゆえ拭えぬほどの無力感を抱いてしまいかねない苦しみです。

それを悲劇ととらえてしまえば、苦しみや、苦しみを生み出すものすべてを、かえって助長しかねません。決して、そうあってはならないと思うのです。そのため本書は、お手に取ってくださった方が、真剣に読みつつも、思わず笑ってしまうようなエピソードに特に焦点を当てつつ、留置場という異空間で見聞きしたものごとを包み隠さず記しています。ぜひ「ご笑覧」いただけることを願ってやみません。

また一方で、本書は「いざというときのための留置場マニュアル」としても読めるよう、なるべく、時系列に沿って書きつづられています。なんといっても、留置場は誰もが入る可能性がある場所なのです。とある刑事弁護士いわく、「たいてい2割は冤罪」であり、「残り8割の本当の犯罪者を捕まえておくため、事実上、一般市民の人権を侵害することが黙認されている」ということを、刑事も検事も裁判所も、あるいは弁護士も承知しているのだとか。

そのため、「常に一定数以上の人が、虚偽告訴（嘘の被害）や、警察側の勝手な都合で逮捕され、留置場に入れられている」という状況であり、そうした不条理に逆らおうとすると「問答無用で勾留期間を延長されて抵抗できないようにされる」のだそうです。

もちろんそれは、今の司法制度というものを守るためであり、国民の欲求を満たすことはあっても、本当に平和な生活を守るということとはなんの関係もありません。そんなめちゃくちゃなことがあるのか、と信じられないような気持ちになりますが、まさにそれが現実。この複雑怪奇な不条理に屈し、見て見ぬふりをし続ければ、ますます事態が悪化するだけでなく、この国の司法そのものが悪しきものとして次世代へと受け継がれていくことになるでしょう。

実際、日本の司法の「態度」がどれだけ反省されずに続いてきたかを考えると、驚くことばかりです。戦後70年を経てなお、旧態依然としているのです。

そうした「長い歴史」に対して、無意識にそれを尊重し、変えてはいけないような気にさせられてしまう人たちがいます。時代遅れとなり、硬直化してしまっているることを、むしろ大切なことだと感じて、ますます変えないようにしようとするのです。その不変が長引けば長引くほど、周囲の人々も、そういうものだと認識するようになります。

この国の司法が、なかなか近代化しない背景には、結局、そういう単純な心理に支配された人々の存在があるのだ、というのが、今回の一件でさまざまな方から学んだ、私の実感です。

そんな無意味な心持ちから解放されるにはどうしたらいいのか？　そう、まずは笑うしかありません。笑えなくなればなるほど、解決できるはずだと思えなくなるのです。

馬鹿げたことに対して、「馬鹿じゃないのか」と笑うこと。そしてその笑い声を、真っ向からぶつけてやること。

それが、ものごとを良い進歩へと導く、ひとつの方法であるのだと私は信じています。

冲方 丁（うぶかた とう）

1977年生まれ、岐阜県出身。小説家、アニメ脚本家。96年に『黒い季節』で第1回スニーカー大賞金賞を受賞し、デビュー。2003年に『マルドゥック・スクランブル』で第24回日本SF大賞を受賞。10年に『天地明察』で第31回吉川英治文学新人賞、第7回本屋大賞、第4回舟橋聖一文学賞、第7回北東文芸賞を受賞。12年に『光圀伝』で第3回山田風太郎賞を受賞。ほかの著作に、『テスタメントシュピーゲル』『もらい泣き』など

本書は、『週刊プレイボーイ』2015年12月14日号から2016年3月21日号まで、全13回の連載に加筆修正をしたものです

冲方丁《うぶかたとう》のこち留《とめ》　こちら渋谷《しぶや》警察署《けいさつしょ》留置場《りゅうちじょう》

2016年 8月31日　第1刷発行
2016年10月10日　第2刷発行

著　者　冲方 丁《うぶかた とう》
発行者　館 孝太郎
発行所　株式会社 集英社インターナショナル
〒101-0064　東京都千代田区猿楽町1-5-18
電話　03-5211-2632
発売所　株式会社 集英社
〒101-8050 東京都千代田区一ツ橋2-5-10
電話　読書係　03-3230-6080
販売部　03-3230-6393（書店専用）
印刷所　凸版印刷株式会社
製本所　ナショナル製本協同組合

ISBN978-4-7976-7331-9　C0095